2DB
二次元ドリーム文庫
婚約破棄されたエルフの
悪役令嬢を助けたら、
ヤンデレ嫁になってしまった件
小説 栗栖ティナ
挿絵 草上明

登場人物紹介
ティニー・リベニア
王子の婚約者として、不慣れな人間の国で健気に頑張っているエルフの姫。ゲームでは王子との仲がこじれたことで人間への憎悪をふくらませた結果、その力で多くの人々を手にかけてしまう。
シャーロット・ベイカー
乙女ゲーム『エトワールの導き』の主人公。一般人だが、その魔法の才能の高さを買われて学園への入学を許された。最初は「王子さまとお喋りできて嬉しい」くらいに感じていたが、段々自分への思いを暴走させていくロベルトに圧倒され、途方に暮れる日々を過ごしている。
レオン・クライブ
交通事故に遭い、気付いたらサークル仲間がプレイしていたこの乙女ゲー世界に転生していた。
公爵家の次男で、飄々としつつ気さくな性格の青年。王子の友人としてわがままに振り回されているので、王子から冷たい対応をされているティニーのことも気にかけている。
ロベルト・オルファイン
オルファイン王国の王子。自信過剰でキザな性格。エルフ特有の美貌、魔力の高さに対してコンプレックスを抱いており、それが原因でティニーとは元々距離があった。

プロローグ　予定どおりの婚約破棄と、勢い任せのプロポーズ

「……ロベルト様、いま、なんとおっしゃいましたか？」

パーティに相応しく華やかに飾り付けられた、王立フレイヤ学園の中庭。

噴水傍に立つ銀髪の美女の口からこぼれたのは、その雰囲気にそぐわない弱々しい震え声だった。

髪飾りでポニーテールにまとめられた、腰まで届く銀糸のような髪。

その脇から覗き見せる耳は、ツンと先の尖った三角形——森の住民、生まれながら魔法を極めし民と呼ばれるエルフという種族特有のものだ。

これもエルフの特色である、雪のように白く美しい肌と、健康的な桜色の唇。

それがわずかに青ざめ、エメラルドのように輝く瞳には大粒の涙が滲んで見える。

森をイメージした緑のドレスに包まれた肢体も小刻みに震え、その姿を見たものはほとんどが心配して声をかけたくなってしまうだろうという、儚げな姿。

だが、彼女の正面に立つ男——婚約者である、このオルファイン王国の第一王子、ロベルト・オルファインは、残念なことに小数の例外だった。

「ふん、その無駄に大きく長い耳で聞き取れなかったのか？　それとも、人間ごときの言葉にはいちいち耳を傾けるのも馬鹿らしいということか、高慢なエルフめ！　ティニー、貴様との婚約は、この場をもって破棄すると言ったのだ！」

ロベルトは完全に敵を見るような冷たい目差しで己の婚約者『だった』エルフ美女を睨み、まるで勝ち誇るように叫ぶ。

「理由は言うまでもない！　エルフの姫という立場を笠に着た高慢な振る舞い！　人間より生まれながら長けた魔法の才をひけらかし、いずれ夫になるはずだった俺や他の生徒たちを小馬鹿にした態度をとり続けた底意地の悪さ！　それになにより……ただ、学友として俺に親しくしてくれていた彼女っ、この麗しきシャーロットに対して行ってきた非道の数々……身に覚えがあることだろうっ！」

不作法に指を差して問い詰めてくる王子へ、ティニーはわずかに唇を震わせながら、それでも決して取り乱すことはなく、ただ静かに首を横に振る。

「お言葉ですが、どれも身に覚えがないことです」

「はっ、よくもこれだけの生徒たちの前で、堂々とそのような嘘を言えたものだっ！　お前がシャーロットを呼び出し、理不尽にも問い詰めていた場面を見たというものは、決して少なくないのだぞ!?」

儚げなエルフ美女がはっきりと否定しても尚、王子の追及の手は緩まない。

勢いのあまり、少し前のめりになって吠え続けている——その手を、金色の髪をツインテールにまとめた愛嬌のある美少女、いま、話題の中心となっている学園生のひとりであるシャーロットが掴み、少し落ち着いてくださいと言わんばかりに引いているのだが、もうそれにもまったく気づいていない様子だ。

「どれだけ言われようと、身に覚えがないことを認めるわけには参りません。私がシャーロットさんと何度か話し合いをしたことは事実ですが、それは彼女へいくつかの忠告をしたまでのこと。このように宴の席で糾弾されるようないわれはありません」

「ふん、忠告とは物も言い様だな！　お前がエルフ族の姫、そして俺の婚約者という立場を利用し、平民であるシャーロットを理不尽にいじめていたというのは周知の事実！」

ティニーの弁明に一切耳を貸すことがないロベルト王子に続き、その傍らに並ぶ数名の男子生徒たちまでもが声を揃え、それに同意する。

「王子のおっしゃるとおりだ！」

「高慢なエルフが！　このように優しく麗しいシャーロット嬢に対して、どうしてそんな悪魔のような振る舞いができたものか！」

見た目凛々しく華やかな彼らは有力貴族の子息たち——王子の古くからの学友だ。

数年後には王位についたロベルトとともに国を支える立場になる、将来有望な若者たちだけに、見守るものたちは割って入ることも躊躇われ、ただ見守るしかできない。

それは彼らに意見することができる、数少ない地位を持つ人物――このオルファイン王国を支える三大侯爵家のひとつ、クライブ侯爵家の次男であり、才気溢れる若者として評判高いレオン・クライブも同じだった。

他のものたちが『とんでもないことになった』と顔を青ざめさせ、落ち着かない様子でいる中、レオンはただひとり、うんざりした顔で頭を抱えている。

（はぁ……頭が痛い。結局、このイベントは回避できなかったか……）

『元』婚約者を糾弾するロベルトと取り巻きの男子生徒たち。

その対面で小さく肩を震わせながら、それでも弱気な姿を見せるわけにはいかないとばかりに堂々と正面を向いている、美しきエルフの姫。

それはレオンがこの十数年、どうにか避けられないものかと悪あがきを続けてきたが、どうすることもできなかった『イベント』そのものだった。

（違うのは、シャーロット嬢の反応だけか。……ゲームだと、自分を助けるために婚約者と決別したロベルトを見て、感動の涙を流してたと思うけど……）

実際の金髪ツインテールの美少女――シャーロットは、暴走気味のロベルト王子や取り巻きの男子生徒たちを宥めようと悪戦苦闘し、この場の誰よりも慌てている様子だ。

（まあ、ゲームと現実に少しズレがあるのは、もういままでにも散々見たことか。……というか、ゲームのロベルト王子は、さすがにここまでぼんくら王子じゃなかったしな）

そんなことをぼんやり考えながら、レオンはこれからどうなるのかと心労でズキズキ痛む頭を軽く抱え、ため息をこぼす。


目の前の光景を、まるですでに見知ったことのように語るレオンは、いままでに何度も思ったことを、改めて自問自答する。

（どうして俺、こんな乙女ゲーの世界にモブ男として転生しちゃったんだろうなぁ）

この世界――『エトワールの導き』という乙女ゲーは、レオンが転生前、大学のアニメサークル仲間だった女子の間でも大流行していた作品。

いまから十数年前、このゲームが発売されていた『現代世界』で生きていた『彼』は、サークルの合宿中に不幸な事故に巻き込まれて意識を失い、次に目覚めたときにはこの世界に、ゲームには登場しなかった『モブキャラ』、レオン・クライブとして転生していたのだ――。

「とにかく何度言われましても、私には覚えがないことばかりです。それに私とロベルト様の婚約は、オルファイン王国と私たちエルフの同盟の証。当人の意志だけで簡単に破棄できるような、軽いものではございません」

「ふん、偉そうなことを！　お前のように自分の婚姻すらも政治の道具としてしか考えられない、あまりにも冷血な女に俺は元々うんざりしていたんだ！　そんなささくれだった俺の心を癒やしてくれた、まさに女神のように優しいシャーロットを……俺は、どんな手を使ってでも必ず守り抜く！」

　レオンが自らの過去を振り返っている間に、王子とエルフ姫の口論は激化の一途を辿っていた。もっとも熱くなっているのはロベルト王子のほうだけで、糾弾されているティニーのほうは冷静な対応を続けている。

（でも、顔色がだいぶ悪くなってきてるな……それでも、エルフの姫として相応しい態度を取らなければいけないと無理をしている……まったく、立場お構いなしでわがまま放題のバカ王子と大違いだ）

　ティニーが言うとおり、ふたりの婚約は長年険悪な空気が続いていた人間とエルフ、二大種族を繋げる象徴と言えるもの。

　それぞれの王族として、自らの意志など二の次に置いてでも成し遂げなければいけないものなのだから、こんな婚約破棄騒動など論外だ。

この場にいるのは貴族が中心、ほとんど全員が事の重大さを理解しているだけに、みんな不安そうな顔をしているのも当然だろう。

（と言うか、お前ら、俺を見るな、俺を！　しがない侯爵家の次男坊に、まさかこの空気の中に割って入れとか期待してるんじゃないだろうな？）

レオンは背中に突き刺さるような視線をいくつも感じているが、『まったく気づいていません』と言わんばかりに決してそちらへ顔を向けない。

この学園に在籍している有力貴族の子息のほとんどが、ロベルト王子の取り巻きとして彼の傍に付き従ってしまっている。

唯一残っている同格の家柄の人間は、他にはレオンのみ。

おまけに彼は、長年険悪な関係にあった『人間』と『エルフ』、二大種族が同盟を結ぶきっかけを作った人物なのだから、周囲が期待するのも当然だろう。

（参った。やっぱり、俺みたいな『モブ』が、本編に影響するような余計な真似をしなければよかったのかなぁ……いや、でもなあ……）

レオンがそうやって悩んでいる間にも、ティニーは容赦なく追い詰められていた。

「……ですから、私には身に覚えがないことです。……確かに、私がシャーロットさんと校舎の裏でお話をしたことはありますし、彼女とふたり、魔法の練習中に危うく事故を起こしかけたことはありますが……」

「問答無用だ！　ふん、頭の回転だけは速いエルフ様は、言い訳もお上手か？　だが、俺はそんな口車に騙されはしないぞっ‼」

ティニーが毅然とした態度で弁明しようとしても、その度にロベルトが怒声で封じる。

（これ、ゲームで見る以上に胸くそイベントだな）

儚げな美姫が、男たちから反論も許されずなじられているのだ。

周囲の生徒たちもみんな気の毒そうな表情を浮かべている。

（でも、こう感じるのは……ティニー姫が、ゲームと大違いの性格だからだよな）

頑張り屋で屈託なく明るい主人公のシャーロットを、理不尽にいじめる悪役令嬢。

それがゲーム『エトワールの導き』の中でのティニーの姿だった。

レオンは転生前、サークル仲間のプレイを後ろから少し覗き見した程度だが、それでもティニーの高慢で容赦ない振る舞いには嫌悪感を覚えたものだ。

しかし、いま、目の前で気丈に立ち続けている実物のティニーは違った。

「ティニー様、お可哀想に……シャーロットさんを呼び出したというのは、彼女がロベルト王子に礼儀も弁えず、まるで平民同士のような口調で話しかけるのを注意なさっただけなのでしょう？　いまのうちにそういった礼儀作法を覚えておかないと、もし学外の人間に見られたりしたら、シャーロットさんの立場がとてもまずいことになるからと……」

「魔法の練習中の事故も、シャーロットさんが無茶な魔法を使おうとしたのを、ティニー様が慌てて止めただけだぞ。もう暴走が始まっていたので、軽い爆発は避けられなかったそうだが……もしティニー様が助けてくれていなければ、下手をすると校舎が丸ごと吹き飛んでいたかも知れなかったと聞いて、肝が冷えたよ」

気の毒そうに見守る周囲の声は、ゲームではなかったものだ。

ゲームと違って、ティニーが行ったことはそれぞれに正当な理由あってのこと。こうして理不尽な弾劾を受ける謂われなどない。

（シャーロット嬢ですら、それをわかってるっぽいもんな。さっきからそれとなく場を鎮めようと必死になってるし……）

暴走する王子たちの背に庇われている『主人公』のシャーロットは、平民という地位もあってかあまり強くは言えないらしく、それでも王子たちの袖を引いたり、『もう、それくらいで』『もう少し落ち着いて話し合いを』などと、自分にできる範囲で必死の抵抗を続けている。

だが——。

「大丈夫だよ、シャーロット。もうすぐ、この忌まわしいエルフを追い出すから。安心して、俺の背に隠れていてくれればいい。……それとも、俺の背中はそんなに頼りなく見えてしまうかな？」

すっかり『か弱い平民の美女を守る王子』という立場に酔いしれているロベルトの耳には、その説得もまったく届いていないようだ。

（このバカ王子も、ティニー姫とは真逆の意味でゲームと大違いだ。いや……ゲームでも熱血がいき過ぎて考えたりない暴走王子って、ユーザーから評価されてたっけか）

レオンは気づかれないように小さくため息をこぼしつつ、さすがに顔が青ざめてきているティニーの様子を改めて窺う。

「ロベルト様、いま、この場で国の行く末に多大な影響を与えるであろう話を進めることはできません。どうか……お考え直しくださいませ」

これだけの屈辱を受けても尚、ヒステリックに怒鳴ることもなく、あくまで正論で暴走するロベルトを諭そうとしている姿は、王族に連なるものとして立派なものだ。

（本当にゲームの『悪役令嬢エルフ』ティニーとは大違いだよな。……彼女なら、この展開のままでもゲームみたいに暴走したりはしないんじゃないか？）

レオンがこの世界に転生して以降、一番恐れていることがそれだ。

ゲーム本編では、この婚約破棄騒動で闇に堕ちたティニーを中心に、世界の存亡をかけた大事件が起こる。

所詮はモブ、侯爵家の気楽な次男として、平穏に生きていきたいと願うレオンがいままであれこれと裏で動いてきたのも、すべてはそれを避けたいからだった。

（この調子なら、最悪の事態は避けられそうだし……このまま、黙って成り行きを見守るべきなのかな……？）

そう考えるレオンだったが、暴走するロベルト王子の暴言はさらに勢いづいてきた。

「ロベルト様、どうしても私の言葉を信じてはいただけないのですか？　……私はあなたの婚約者として、それに相応しいものであろうと私なりに努力して参りました」

「なにを恩着せがましいことを！　俺に言わせれば、いかにもエルフらしい高慢さを剥き出しにした、まったく心許せるところがない婚約者様だったよ、お前は‼」

「っ……そ、そんな……そのようなこと、私は……」

なんとかロベルトを説得しようと冷静に会話を続けていたティニーだったが、さすがにその言葉は堪えたのか、とうとう力なくうつむいてしまった。

（おいおい……そりゃ言い過ぎだろ、バカ王子！）

思わず声に出して突っ込みそうになったレオンも、顔を顰めてしまう。

エルフと人間の間の架け橋となりたい。

そんな志を持ってやってきたティニーは、少しでも早く周囲に馴染めるようにとエルフのお供をひとりも同行させなかった。

茶会や舞踏会にも積極的に顔を出して貴族たちと交流を深め、学園の生徒としても優秀な成績を残そうと勉学に励み——将来の女王として相応しい存在であろうと、懸命の努力も続けていたのだ。

いま聞こえてくる周囲の生徒たちの声の多くが、自国の王子であるロベルトではなく、ティニーに対して同情的なものばかりなのも当然と言える。

(その頑張りを、婚約者だけが認めてくれないって……酷すぎるよな)

レオンもティニーのことがあまりにも気の毒で、さすがに気が重くなってきた。

「私は……エルフと人間の和平のために、いままで……なんの、ために……」

うつむくティニーの瞳に、少し光るものが浮かんで見える。

美しく気丈な姫君のそんな姿は、見るものの涙を誘うほど悲しげだ。

しかし、暴走する王子はそれを見ても尚、一切の容赦をしない。

「なにをしている！　お前はもう婚約者でもなんでもない！　目障りだ、いますぐにでもこの学園から……いや、俺の国から消え失せろっ‼」

「……わ、私は……」

「ふん、それとも俺のようにお前もここで真実の愛を見つけてみるか？　まあ、無理だろうな。貴様のように高慢で身勝手な女を婚約者として望む男がいるはずがないっ！」

耐えきれずにとうとう涙をひと粒こぼしてしまったエルフの美姫へ、ロベルト王子は勝ち誇るかのように胸を張り、そんな暴言を放った。

見守るものほぼ全員――『主人公』のシャーロットでさえ、『そこまで言うのか』と顔を青ざめさせてしまっている。

（本当に救えないな、この最低王子。お前のやってることのほうが、よっぽど悪質ないじめだろうが。こんなに美人で、姫として立派な子なんだ。お前との婚約がなければ、方々から婚姻の話が殺到してるはずだっての）

思わず気づかれないように小さな舌打ちまでしてしまったレオンは、改めて胸に沸き上がる怒りを自分でも抑えきれなくなってきていた。

理不尽になじられ、追い立てられ、肩を小さく震わせているティニー。

普段の凜々しく気品ある美しさを知っているだけに、いまの彼女のそんな姿があまりにも忍びなく、とても見ていられない。

「……そう……ですか。私を受け入れてくれる方は、ここには誰も……」

絶望し、うなだれてしまったティニーが、力なく踵（きびす）を返そうとした。

それを見た途端、レオンは自分でも気づかないうちに歩み出ていた。

「あー……それなら、俺が立候補してもよろしいでしょうか？」

張り詰めた空気の中に響き渡る、レオンの少し気が抜けたような優しげな声。

虚を衝くその登場に、ティニーも、ロベルトとその取り巻きも、シャーロットも、そして見守る他の生徒たちも事態が飲み込めずにぽかんとしてしまう。

「いや、そのティニー姫の新しい婚約者って話ですよ。王子が婚約を破棄するというのなら、是非。えーっと……最近、俺も親父殿からそろそろ婚約者を見つけろとせっつかれてましてね。ほら、俺はエルフの方々と交流も多いじゃないですか？　ティニー姫が婚約者になってくださるのなら、ちょうどいいかなと」

レオンは周囲の者が正気に戻る間も与えず、勢いで話を進めていく。

こういうときはとにかくペースを相手に渡してはいけない、一方的に自分が握って押し切るしかないと、前世で少し学んだセールステクニックを思い出す。

「い、いや、ちょっと待て！　確かに俺は婚約を破棄したが……だからと言って、すぐその直後に名乗り出てくるというのは……どうなんだ……？」

まだ事態を飲み込めていないロベルトは、完全に困惑している様子だ。

ぶつぶつと呟き、小首を傾げている。

これなら少しは猶予もあると、レオンは完全に言葉を失って目を丸くしているティニーのほうを改めて振り返り見る。

「あの……レオン……様？　いまの言葉は、その……」

あまりのことに悲しみも吹き飛んでしまったのか、エメラルドのように美しく輝く瞳を丸く見開いたティニーは、さっきよりも少し顔色がよくなったようだ。

レオンは笑顔を取り繕いつつ彼女の長い耳へ唇を寄せ、手短に語る。

「ティニー姫、ひとまずこの場は一度、俺の家へ身を寄せるということで。ここで話を続けても、いまの王子とは冷静な話し合いは難しいでしょう。間を置いて、我が国の王に話を通せば手を打っていただけると思います。それまでの時間稼ぎを……このまま騒動が広がれば、本当に両国の関係に大きなヒビが入ってしまいます」

そう手短に説明を終え、少し間を置いてから言葉を続ける。

「それに……これ以上、あなたが悲しい顔で佇んでいるのを見たくありません。これは俺だけじゃなくて、ここにいるほとんど全員が思っていることですから。あなたが誰からも受け入れられていないなんて、そんなことは思わないでくださいよ」

レオンは目配せで周囲を見回し、心配そうにティニーへ目線を向けている多くの生徒たちを意識するように促す。

「それは……あっ……」

突然婚約破棄を告げられた衝撃で、周囲の反応に気を配る余裕もなかったのだろう。

ティニーは自分を気遣う人たちの視線にいまさらながら気づいたようで、真っ青な顔に少し血の気が戻ってきた。

「大丈夫、俺にできる範囲でどうにかやってみますから。ひとまず、ここは話を合わせて……さあ、いきましょう」

「……確かに、私どもの感情で進めていい話ではありませんね。……ありがとうございます、レオン様」

姫として普段から厳しく自分を律しているティニーだけに、ロベルトよりも我を取り戻すのは早く、説得にすぐ同意してくれた。

指先でそっと涙を拭い、少し頬を緩めて微笑(ほほえ)みかけてくれるティニーは、凜々しく美しいいつもの姿とはまた違う、年相応の優しげな乙女の美しさだ。

(やっぱり美人だよな、ティニー姫。……いや、見とれてる場合じゃない！)

レオンは少し頬が熱くなるのをどうにか我慢しつつ、気持ちを切り替え、ティニーをエスコートするようにそっと右手を差し出す。

「では、そういうことで。俺は新しい婚約者を、早速親父殿に紹介してきます。さあ、参りましょうか、ティニー姫」

「……はい。よろしくお願いします、レオン様」

レオンはそう微笑みながら手を取ってくれたティニーを連れ、まだ事態を飲み込めずに困惑しているロベルト王子たちから逃げるようにその場を後にした――。

一章　エルフ姫の目覚め

「本当に、こうしてお世話になっていてもよろしいのでしょうか？」

「んっ？　いきなりどうなさったんですか、ティニー姫」

ある日の午後。色とりどりの薔薇(ばら)が咲き乱れる庭園の片隅で、ささやかなティータイムを楽しんでいたレオンは、目の前に座るエルフの美姫の言葉に首を傾げる。

自宅ということで愛用の私服姿――白シャツの上から黒のベストを羽織り、黒のズボンを穿いているレオン同様、彼女も制服ではなく愛用のドレスを身に纏(まと)っている。

赤薔薇の飾りを腰につけたそれは、華やかな彼女の美しさをより際立たせるものだ。

胸元は大胆に開き、目を見張るほど豊かな双丘(そうきゅう)の谷間がはっきりと見えている。

そこを見ては申し訳ないと視線を下へ逸らすと、今度は透けたスカートの布地越しにスラリと伸びた美しい足に目を奪われてしまう。

（よく似合ってるけど、男には目に毒すぎるデザインだよ、このドレス……）

少し大胆すぎるかもと思うが、ティニーほどの華やかな美姫を飾り立てるには、これくらいのものでなければ逆に地味すぎるかもしれない。

レオンがそうやって視線を向ける先に迷っている間に、ティニーは少し沈んだ表情のまま言葉を続ける。

「あれから二週間ほど経って、私もようやく気持ちが落ち着いてきました。そうなると、改めて……あなたに、とてもご迷惑をおかけしてしまっていると気づいたのです」

ティニーはエメラルドのように美しい瞳を伏せ、ツンと尖った長い耳までも気落ちしたように少し垂らしてしまっていた。

「ああ、そういうことでしたか」

あの悪夢のような婚約破棄騒動から、相応の時間が過ぎた。

現場では気丈に振る舞っていたティニーだったが、やはりショックはかなり大きかったらしく、レオンに連れられてひとまずの落ち着き先——王都の一角にある、いまはレオンだけが使っているクライブ家の別宅に案内されてからしばらくは、与えられた部屋に引きこもったまま、食事もあまり取れないような状態が続いていたのだ。

「そういうことを考えられるくらい、ティニー姫が少し元気を取り戻してくださった……俺としては、それがとても嬉しいことですよ。気にしないでください」

「ですが……後始末も、ほとんどレオン様にお任せしてしまっていますし……陛下への説明や私の実家へのとりなしも……」

申し訳なさそうにティニーが上目遣(づか)いで言うとおり、あれから数日間、レオンはあの騒動の後始末のために寝る間もないくらい方々を駆け回ることとなった。

「まあ、ちょっと胃が痛い日が続いたのは確かですけどね……でも、思っていたよりは面倒なことにはならずに済みましたよ」

レオンは苦笑しながらお茶をひと口啜(すす)り、忙しい日々を振り返る。

騒動が起こった日、レオンは実家の伝手を使ってすぐにオルファイン国王、エルフ側の代表者である族長——ティニーの父親などに連絡を取り、根回しのために奔走(ほんそう)した。

(侯爵家の次男ごときが、こんな国の未来を左右する案件で動いていいのかどうか、不安だったけど……こっちがびっくりするほど、なにも言われなかったな)

そんなレオンの疑問を察したのか、ティニーが少し頬を緩めて微笑み、頭を下げる。

「仲介に入ってくださったのが、私たちエルフに縁深いレオン様で助かりました。だからこそ、私の父や偏屈な長老たちも、早々に矛を収めてくれたのでしょう」

「はは、それは買いかぶりすぎですよ。俺はただ、関係者の方々へ現場の目撃者として事情を説明しただけですからね」

「そんなことはありません。そもそも、こうして私たちエルフがこのオルファイン王国と交流を持つようになったのは、レオン様の商会のおかげですし」

謙遜するレオンだったが、そう改めてティニーに言われると、それ以上否定するのも気恥ずかしくなり、苦笑で返すしかなかった。

(確かに、エルフとの交流をゲームの原作より早く始めることができたのは、俺の働きではあるんだけど……)

侯爵家の次男という、跡継ぎではない身軽さを活かし、レオンは『将来のための勉強』という名目で、小さい頃から出入りの商会へ投資する許可を得ていた。

前世の知識を活かした商品の開発などで成果を挙げた後、レオンはいままで禁忌とされていたエルフ族との商取引を積極的に進めていったのだ。

ゲーム内では、主要人物が学園に入学する一年ほど前、人間もエルフもあらゆるものの命を奪って世界を滅ぼす『終末の魔王』の復活が高名な賢者によって予言され、その対策として数百年以上にわたって交流が絶えていた人間とエルフが同盟を結ぶことになった。

だが、互いに事前の交流もなく慌ただしく交わされた同盟だったので、ロベルトとティニーの不仲以外にも、文化や考え方の違いで多くのトラブルが発生していたのだ。

(もっと前の段階から、民間だけでも交流を持つようにしておけば、その辺りの問題がスムーズに解決されると思ってやっただけだからなぁ……)

事実、今回の婚約破棄騒動以外についてはレオンの思惑どおりに事が進んでおり、ゲームのように人間とエルフの間でいまのところ目立ったトラブルは発生していない。

「警戒するエルフの民を説得するために、何度もご自身で領地へ足を運んで……それからもことあるごとにそれとなくエルフの民の力になってくださいましたね、レオン様は。特に五年ほど前、一部の地域で疫病が流行ったとき……あのとき、レオン様の商会が用意してくださった薬がなければ、どれだけの民が犠牲になっていたことか」

「いや、あれは俺の功績じゃありませんよ。たまたま、手広く商売をしていたおかげで、前に同じ疫病が流行った地域で働いていた医者が顧客にいただけですし」

「それも、レオン様が繋いでくださった縁です。そんなあなたがお願いしてくれたからこそ、なにかと『エルフの誇り』というものにうるさい者たちも、いまのところは騒ぎ出さずに事態を見守ってくれているのでしょう」

　優しく微笑むエルフの美姫に褒め称えられ、レオンはなんともいえない居心地の悪さを感じていた。

（俺がそうやってエルフとの交流を深めようと頑張っていた理由は……あなたが王子から婚約破棄されたことをきっかけにして闇堕ちするのを避けるためですって言ったら、一発で幻滅されるだろうな）

　そんな真意を隠すように苦笑いを浮かべたレオンは、改めて正面の姫君を見つめる。

（それにしても……綺麗……だよな）

　こうしてティニーとのお茶会を定期的に楽しむようになって少し経つが、いまだに向き合っているとそれだけで照れくさくなってしまう。

　前世の頃、ゲーム内の彼女を見たときも『性格はともかく、キャラデザは神だ』と思ったものだが、現実にこうして顔を合わせると、『この世のものとは思えない美しさ』という表現がこれほど相応しいものは他にいないと感じてしまう。

　雪のように白い肌は、彼女が先ほど自ら口にしたように少し落ち着きを取り戻してきたおかげか血色もよく、健康的な美しさを感じさせる。

　青い花をあしらった髪飾りでまとめられた髪が陽光を受けて目映（まばゆ）く輝き、その一本ずつが銀糸のように見えてしまう。

　こうしてただ座ってお茶を飲んでいるだけで、そのまま一枚の絵画として飾っていたくなる、神秘的な美しさだ。

（ロベルト王子の婚約者だし、目を合わせるだけでも不敬というか、余計なトラブルを起こしかねないと思って、いままでは会話も必要最低限にしてたからな。こうして親しく話してると、それだけでもちょっと緊張するというか、ドキドキするというか……）

　婚約破棄騒動の始末が一段落して、レオンも少し気が緩んだせいだろう。

いまさらながらそんな美人とふたりっきりで話をしているというシチュエーションに緊張し、ティーカップを持って取り上げる動きまでぎこちなくなってきていた。

「……レオン様、あの……私の顔になにか？」

ついつい見入ってしまっていたらしく、ティニーが小首を傾げる。

そんな仕草も愛らしく、レオンは一瞬言葉を失い、頬が急速に火照っていくのを感じつつ、慌てて弁明を始めた。

「あっ、いいえ。あー……その、なんといいますか……我が家にティニー姫がいるというのが、どうも現実感がないといいますか……はは」

「ふふっ、そうですね。私も……まさか、レオン様にいきなり……その……婚約者として求められるとは想像もしていませんでした」

「えっ⁉　あ、い、いや、それについてはあの場で説明したとおり……お、王子があまりにも失礼なことを言っていたので、ついかっとしたと言いますか、王子の虚を衝いて穏便にあの場をやり過ごすための方便といいますか、その……あのっ……」

少し頬を赤らめてうつむいて上目遣いで言ってきたティニーに、レオンは我ながら情けなくなるほどしどろもどろの口調で説明する。

そんな慌てふためく青年をしばし見つめていたエルフの美姫は、やがて我慢の限界と言わんばかりに吹き出し、愉快そうに笑い出す。

「くすっ……ふふふふっ、はい、わかっています。あの場で私を愛するものなど誰もいないと恥をかかせようとしていた王子に、ああいう形で反論してくださって……正直、本当に感謝しております。そのお気遣いで、どれだけ救われたことか……」

「い、いや、そんな……もう少し上手いやり方があったんじゃないかと思うんですが、その……あのときはあれが精いっぱいでして。あははは……」

振り返ってみると、我ながら大胆なことをしたものだと思うし、もう少し騒ぎにならないやり方があったんじゃないかと後悔もしている。

「うちの父が、失礼なことを申し上げていませんでしたか？　その……先日、私の様子を見にきたとき、レオン様が婚約者に代わるのなら、むしろそのほうがいいなんて言っていたので……」

「あはは、族長様は冗談がお好きな方ですしね」

元々エルフたちから好意的に見られている数少ない人間だけに、レオンがティニーを婚約者として求めたことについて、積極的に推し進める声は少なくないらしい。

（というか、うちの王まで、『あのバカ息子が心を入れ替えなかった場合は、お前に頼るしかない』とか言ってたのは、勘弁してほしいよなあ）

　ゲーム本編では名前も出なかった『モブ』の自分が、ゲームの主要人物であり、世界の行く末を左右する重要人物であるティニー姫と釣り合うわけがない。

「おかげで俺の独断でティニー姫をここへ匿った件については、どこからも苦情の声がなかったのは幸いでした。ところで……ここでの暮らし、なにかご不自由をさせていませんか？　侯爵家の屋敷とはいえ別宅ですから。使用人の数も限られていますし……」

　前世ではごく普通の庶民だったレオンは、転生して貴族生活を十数年経験したいまも、あまり仰々しい暮らしが好きではない。

　学園へ通うために家族と離れて暮らしているこの王都の別宅では、侯爵家としての体面を保てる範囲内で慎ましい生活を送っている。

　心配して問いかけたレオンへ、ティニーは笑顔で首を横に振った。

「そんなことはありません。細かいところにまで気を配っていただけて……私が申し訳なくなるくらい、居心地のいい生活を送らせていただいております」

　そう微笑むティニーが、自らの前に置いてあったミルクポットを一瞥する。

「こんな風に……お茶に入れるミルクにまで配慮してくださっていますし」

「えっ？　……ああ、それですか」

　レオンの前に用意されたミルクポットの中身と違い、ティニーのそれには温めた豆乳が入れてある。

「ええ。エルフの食文化に気を遣ってくださる方は、まだこちらでは少ないので……ロベルト王子とのお茶会では、いつもお茶はストレートで飲んでいました。ふふっ、本当はこうして、少し多目に豆乳を入れたミルクティーが好みなんです」

　そう言って、ティニーは自らのカップにお代わりのお茶とたっぷりの豆乳を注ぎ、それを美味しそうに飲み始めた。

「それは……その……本当にすいません、気が利かない王子で。俺からも、相手の生活習慣にはしっかり気を配るべきだとはそれとなく注意はしていたんですが……まさかと思いますが、菓子の類も、卵たっぷりの焼き菓子ばかり出していたとか？」

　恐る恐る問いかけたレオンへ、ティニーは小さくうなずきながら苦笑し、テーブルに置かれた小ぶりな大福――レオンが前世の知識を活かして家の料理人に作らせて以来、特にエルフの間で広く好まれるようになった菓子を摘まみ、美味しそうに口へ運ぶ。

（あの大バカ王子！　相手はこっちの文化に馴染むためにひとりできているんだから、できるだけ配慮してあげたほうがいいって何度もアドバイスしただろうっ!!）

　まさか、食文化の違いという基本的なところにすら、まったく気遣いしていなかったとは思ってもみなかった。

（ゲームでは描写がなかったけど……もしかしたら、そんな感じだったのか？　そうだとしたら、ティニー姫がどんどんやさぐれていってたのもわからなくはないな……）

レオンはあの婚約破棄のイベントを目の当たりにしたときと同じような頭痛を覚え、しばしうなだれてしまう。

「いや……本当に重ね重ね、ティニー姫にはどう謝罪すればいいか……ロベルト王子の学友のひとりとして、改めてお詫び申し上げます」

「そんな……気になさらないでください。今回の件が、こうして大きな混乱を起こさずにどうにか済んだのは、すべてレオン様が機転を利かせてくださったおかげです。……私自身も、あの場でレオン様が救いの手を差し出してくださらなかったら、どうなっていたことか……」

頭を下げるレオンへそう答えるティニーは、あの婚約破棄の瞬間を思い出してしまったのだろう、暗い表情で肩を落とす。

「いろいろと思うところはありました。ですが、人間とエルフの融和、末永い友好のために、精いっぱい努力してきた……その結果がこれだと思うと、自分が情けなくて、憐れで……周りが全部、闇に包まれたかのような……」

そうぽつぽつと力なく呟くティニーへ、レオンが慌てて呼びかける。

「ティニー姫になにも落ち度はありませんよ！　責任はすべて、我が国の王子にありますので……本当、どうお詫びすればいいか……」

「……大丈夫です。すいません、まだ気持ちの整理が完全にはついていないようで……あのときのことを思い出すと、胸が締めつけられて……自分で自分を抑えられなくなってしまいそうになるんです」

そう自嘲を浮かべるティニーに、レオンは声を詰まらせる。

どことなく暗く、深く沈んでいきそうな闇を感じさせるその姿こそ、レオンがこの世界に転生してから今日まで、ずっと恐れていたものだからだ。

（やっぱり……それは変わらないってことなのか。……ティニー姫が絶望したとき、『終末の魔王』が蘇る（よみがえ）という設定は）

ロベルト王子による婚約破棄イベントは、ゲーム『エトワールの導き』ではクライマックスではなく、あくまで中盤の山場のイベントなのだ。

ゲームでは婚約破棄されたティニーに手を差し伸べるものが誰もおらず、その結果、絶望したティニーは自らの闇に飲まれて魔力を暴走させ——その結果、彼女自身が世界中の闇の魔力をその身に集めた『終末の魔王』として覚醒してしまう。

『エトワールの導き』は中盤以降は、それまでの恋愛シミュレーションから一転、主人公のシャーロットがそれまでにフラグを立ててきたイケメン男子たちを仲間にして『終末の魔王』ティニーと戦う、戦略シミュレーションになる。

『一本のゲームで二本分楽しめる』と宣伝されて話題になり、転生前のレオンが自分の趣味範囲外の乙女ゲーについて多少なりとも知識を持っていたのは、サークル仲間の女子の布教の影響だけではなく、その特殊なゲーム性に少し興味を持ったからだ。

（ゲームではシャーロット嬢やロベルト王子たちの活躍で、『終末の魔王』を倒しておしまいって形だったけど……それなりに大きな被害は出てたからな。そもそも、『終末の魔王』なんかが生まれなければいい……そのために頑張ってきたんだ）

婚約破棄イベントは避けられなかったが、いまのところティニーは『終末の魔王』として覚醒していない。

（実際にその現場を見たら、あんなバカ王子のせいでこんなに姫として責任感を持って頑張ってくれているティニー姫が絶望して『終末の魔王』になるなんて、とてもじゃないけど受け入れられないしな）

なんとかティニーの気持ちを紛（まぎ）らわせようと、レオンはできるだけ明るい表情を取り繕うと、ティーポットへ手を伸ばす。

「まあ、あんなことがあったんですし、無理もありませんよ。幸い、学園は夏休みに入りましたし、時間には余裕があります。居心地がいいとおっしゃってくれるなら、どうかしばらくはここでゆっくり骨休めしてください。陛下やティニー姫のお父上にも許可を得ていますしね。大丈夫です、上手く解決しますよ」

「……ありがとうございます、レオン様……あっ」

励まそうと声をかけたレオンへ、ティニー姫が顔をあげた直後。

彼女もまた、気持ちを鎮めようとしたのか紅茶のお代わりを注ぐためにティーポットへ手を伸ばし——結果、互いの指先が触れてしまった。

「あっ……し、失礼しました！」

柔らかな指の感触に一瞬硬直した直後、レオンは慌てて手を引く。

「い、いいえ、私のほうが不注意で……」

「いえいえ！　その、いきなりお手に触れてしまうなんてとんだ無礼を……」

少し戸惑っているティニーへ、レオンは大げさなくらい慌てふためき、頭を下げる。

（……いや、ちょっと指が触れただけで、戸惑いすぎだろう、俺）

頭の片隅で冷静に突っ込みを入れる自分もいるのだが、鼓動が異様なほど高鳴り、頬が燃えるように熱くなるのを我慢できない。

前世では、単純に非モテなオタク青年だったから。

そして今世では侯爵家の息子という立場で、破滅回避のために幼い頃からあれこれと動く忙しい日々を送ってきた影響もあり、恋愛とはまったく縁がない日々を送ってきた。

だからか、いまだに女性との触れ合いというのはどうも苦手意識が強い。

ましてや少し気を緩めるとすぐ見とれてしまうくらい美しいエルフの姫が相手なのだから、動転するなというほうが難しいだろう。

「ふふっ、レオン様、そんなに気になさらないでください。だって……私、いまはレオン様の婚約者候補としてここでお世話になっているのですし」

「……えっ？　あ、い、いや、それは、あの……」

「あれだけ大勢の前で婚約者として名乗りを上げたことのほうが、はるかに大胆で勇気がいることだったと思うのですけど……？　ふふふっ」

愉快そうに笑うティニーに見つめられていると、レオンはますます気恥ずかしくなってきて、まともに顔も上げられなくなってしまう。

そんな反応が面白かったのか、ティニーは改めてレオンのほうへ手を差し出してきた。

「まだしばらくはここでお世話になることになりそうですし……改めて、いろいろとご迷惑をおかけして申し訳ございませんが……ご厚意に甘えて、頼らせていただきますね」

「あっ……え、ええ。こちらこそ！　その……はは……」

レオンは気の利いた台詞も咄嗟には出てこず、ただ促されるまま、少し控え目に差し出された手を取るだけだった。

絹のような滑らかさ、心が落ち着くような温もりが手のひら越しに伝わってくる。

(こんなに優しくていいお姫様を、絶対に『終末の魔王』になんてしちゃいけない。俺にできることがどの程度かわからないけど……どうにかしないと)

ようやく頬の火照りも鎮まってきたレオンが、改めてティニーの顔を見つめ、そんな決意を固めた——直後。

「ご歓談中失礼いたします！　あの……お客様が……」

屋敷に仕えるメイドの中でも一番古株のものが、顔色を変えて駆け寄ってきた。

「えっ？　来客の予定は入ってなかったはずだけどな」

侯爵家の人間であるレオンへの面会は、よほどの緊急事態でない限り、相手が王だとしてもまずは先触れがやってくるはずだ。それ故に、嫌な予感が頭を過ぎる。

「その……ロベルト殿下が、早急にレオン様へ取り次げと……」

「……なるほどな」

思わず、『あのバカ王子！』と叫びたくなるのを、メイドの手前紙一重で堪える。

レオンはすぐさま席を立つと、不安そうな表情を浮かべるティニーへ向き直り、努めて普段どおりの穏やかな笑顔を取り繕った。

「困ったものです。当分は陛下の命令で謹慎処分のはずなんですが……まあ、上手く宥めてきますので。ティニー姫は、安心して部屋でお休みください」

「ですが、レオン様……あの、せめて私も同席を……」

「大丈夫ですって。ティニー姫の件は、陛下やティニー姫のお父上の許可を得て任されているんですからね」

レオンは気遣うティニーへ軽い口調でそう告げると、後のことを駆けつけたメイドに任せ、面倒な客人の応対のために玄関へと向かった——。

「貴様、いつまであの忌まわしいエルフを匿っているつもりだ！」

「いや、そう言われましても……いまは俺の婚約者ですからね」

屋敷の応接室。テーブルへ身を乗り出さんばかりに激昂するロベルト王子に、レオンは普段と変わらないのんびりとした口調で平然と返す。

「とぼけるな！　あれがエルフどもと仲がいいお前の策略だということくらい、さすがにお見通しだ‼　それに貴様、この件について裏でこそこそと動いているだろう⁉」

「こそこそ？　いえ、別に隠れるつもりはないですし、堂々と動いておりましたが」

「そういう問題ではないのだっ！　まったくお前は……昔から減らず口ばかり……」

わざとすかすように話をしているレオンに、ロベルト王子は怒りに顔を真っ赤に染めて歯を食いしばっている。

「レオン、王子に対してそのふざけた態度はなんなんだ！」

「私たちは貴重な時間を割いて話し合いにきているのだぞ」

怒りのあまりに次の言葉もなかなか出てこない王子に代わり、同行していた取り巻きのふたりが噛みついてくる。

長身でがっしりとした体格の青年は、オルファイン王国軍元帥であり、国を支える三大侯爵家のひとつ、ハリソン侯爵家の嫡男であるワイアット。

眼鏡が似合うクールな雰囲気の青年は、同じく三大侯爵家のひとつであり、現在は外務大臣として国を支えているランドルフ侯爵家の嫡男、ルーカス。

レオンとは王子の学友として古くからの付き合いである彼らも、シャーロット嬢の美しさに魅了されてしまったのか、ロベルトの取り巻きとして暴走を続けている。

（こいつらも、ゲーム内ではシャーロット嬢の攻略対象のイケメンだったよな、そういえば。だからといって、王子を止めるべき立場のお前らまで一緒に暴走してどうする！）

ふたりも昔からの知り合いだが、ここまで頭がお花畑とは思っていなかった。

攻略対象の男たちは、みんなシャーロットの虜になる。

そういうゲームの強制力なのだろうかと疑ってしまう。

とにかく正論での説得は難しそうだと、レオンは小さくため息をこぼすと、話を変えて搦め手で攻めていくことにした。

「俺の話し合いに対する態度云々はひとまず置いておくとしまして……ワイアットもルーカスも、それにロベルト王子も。お三方はお父上から当分は自宅謹慎しておくように命じられているはずでは？　まさか……勝手に抜け出してきたのですか？」

レオンの突っ込みに、ロベルトもワイアットもルーカスも、息を合わせたかのように顔を顰め、押し黙ってしまう。

返事を聞くまでもなく、図星を指されたのだとひと目でわかる。

（勘弁してくれよ……俺は話がこれ以上ややこしくならないよう、お前らまで今回の件に関わっているってことが広まらないよう、情報統制頑張ったんだぞ）

軍と外交の最高責任者である二侯爵家の嫡男までもが、エルフとの同盟をぶち壊しかねない事件に関与していたとなれば、大スキャンダルだ。

そうならないように、レオンは事情を早々にふたりの実家へ報告し、さらには国王やエルフ側の責任者にも根回しをした。

その努力を無駄にする暴走を目の当たりにして、さっきから頭痛が治らない。

（まったく面倒だ。唯一の救いは……あちら側にもまともなのがひとり残ってるってことくらいだよなあ……）

レオンは心の中でそうぼやきつつ、正面に座っているロベルトの隣――居心地悪そうにうつむいて座っているツインテールの美少女、シャーロットを一瞥する。

「あ、あの……ロベルト様、それにワイアット様もルーカス様も……やっぱり、謹慎中に外出はよくないです。それに、レオン様もお困りのようですし……とりあえず、今日は早く帰りましょう？　いますぐ戻れば、抜け出したこともご実家の方々にバレずに済むと思いますし……」

おそらくはロベルトたちに無理矢理引っ張られてきたのだろう。

『いじめっ子の性悪エルフから王子の手で救われた、悲劇の美女』であるはずのシャーロット嬢は、なんとか穏便にこの場を収めようと必死になっている。

「シャーロット、君は本当に優しいね。でも、心配はいらない。俺は君を守るためならばすべてを犠牲にする覚悟ができているから。君を苦しめたあの忌まわしいエルフがこの国に残っているとなると、落ち着かないだろう？　必ず、追放してみせる！」

儚げな美女の思いに気づくこともなく、ロベルト王子は自分に酔ったようにうっとりとした表情でそんな決意を口にする。

それを後ろで見守っているワイアットとルーカスまでも、『自分たちも力になるから、安心してくれ』と微笑んでいるのだから、もう始末に負えない。

「あの、私、本当にそんなこと望んでいませんから……」

シャーロットは、『自分はけしかけたりしていないんです！』と必死にレオンへ訴えるように、涙で潤んだ瞳をチラチラと向けてきている。

レオンも彼女を気の毒に思いつつ、『わかっている』とうなずくしかなかった。

(シャーロット嬢の反応は、ゲーム原作と大違いだよな)

ゲーム内では『イケメンたちに守られる恋する乙女』という感じだったが、肝心の彼らがあまりにも酷い暴走をしているせいで、しっかりせざるを得ないのだろうか。

だが、同じ学園生であるとはいえ、平民の彼女がロベルト王子たちを強く制止するというのもなかなか難しいようだ。

(俺がどうにかするしかないんだけど……はぁ、自宅謹慎の件を突っ込むだけじゃダメとなると、どうやって引き下がらせたものか……)

レオンがそう頭を悩ませていると、ロベルトが改めて厳しい眼差しを向けてきた。

「レオン、お前は昔から変わり者で、なにかと突拍子もない事件を引き起こしてきた。いきなりエルフと交流を始めたことのようにな。……俺はそんな行動力のあるお前を好ましく思い、尊敬もしていたよ。大切な学友のひとりだ」

「ああ、それはどうも……」

いま、自分以上に突拍子もない事件を引き起こした、あなたに言われても。

そんな突っ込みの台詞を辛うじて飲み込んだレオンへ、ロベルトは『だが、これが最後の警告だ』と言葉を続ける。

「お前は……王子である俺を、そして三大侯爵家の嫡男であるワイアットやルーカスを敵に回す、その覚悟があるのか？　元々長年互いに干渉することなく、それで問題なく過ごせていた……そんなエルフとの関係を守ることに、そんな価値があるのか？」

ロベルトのその声に合わせて、後ろに立つワイアットが腰に帯びた剣の柄に手をかけ、ルーカスは張り詰めた雰囲気に怯(おび)えるシャーロットの傍に屈み込み、彼女を落ち着かせるように小声でなにか語りかけ始めた。

「もう一度聞くぞ、レオン。お前は俺たちを敵に回してでも、あの高慢なエルフの女に荷担するというのか？　最後のチャンスだ、いますぐあれをこの国から追放しろ！」

自分では恰好よく決めたつもりなのだろうか、ロベルト王子はレオンを指さして叫び、不敵な笑みを浮かべて悦に入っている。

いままではなんとか彼を止めようとしていたシャーロット嬢も、ルーカスに邪魔されていることもあって、もうなにも言えなくなっていた。

張り詰めた空気が周囲に流れ、部屋の隅で静かに控えているメイドたちも、この後どうなってしまうのだろうかと不安に顔を青ざめさせてしまっている。

だが——。

「だから、お断りしますと何度も言っていますが」

その空気を、レオンの普段どおりの淡々とした返事があっさり打ち壊す。

「……はっ？　お、お前、聞いていたのか？　王子である俺を敵に……」

「ええ。どう言われても、それは聞けません。いまのティニー姫は、私の婚約者候補ということになっていますから」

呆然（ぼうぜん）と目を丸くしているロベルト、言葉を失っているワイアットやルーカスに、レオンは改めてはっきりと言い放つ。

（いや、そんな脅しをされても無意味だって。お前たちのお父上は、完全にこっち側なんだからさ……）

レオンがまったく臆することなく言い返せたのは、より強い権力者が自分の味方に付いてくれているとわかっているからだ。

だが、周囲はそこまで考えが回らなかったらしい。

「レオン、お前、そこまであの女のことを本気で……」

ロベルトは声を震わせ、さっきまでの勢いを失って身を引いてしまう。

「驚いた。飄々（ひょうひょう）としているお前にも、女のためにそこまで闘える気概があるとは」

「長い付き合いですが、君にそんな熱いところがあるなんて、知りませんでしたよ」

ワイアットとルーカスも感心したように呟き、その表情からはさっきまで感じていた明確な敵意が少し薄れていた。

「えっ……？　えっと……？」

レオンのほうは、さっきまでこの場で一戦始めようと言わんばかりの勢いだった三人が急におとなしくなったことに、戸惑いを隠せない。

「レオン様、そんなにティニー様のことを……もしかして、前々から密かに想っていらした……禁断の恋……とか。やだ……そういうの、ちょっと憧れる……」

首を傾げるレオンを、シャーロットが少し羨ましそうに見つめている。

呟いていた声を聞き取れず、なんだろうとレオンがそちらへ顔を向けた直後。

「……そうか、お前がそこまでの覚悟を持ってあの女を庇っているのなら、俺も相応の覚悟と準備が必要だな。……今日のところは引くとしよう」

ロベルトが小さく息を吐くと、ワイアットたちを促して席を立つ。

ハッと我に返ったメイドたちに導かれて部屋を出ていく刹那、ロベルトは扉のところで足を止めて、改めてレオンのほうを振り返る。

「愛のためにすべてを投げ出して闘う……お前も、俺と同じ熱い想いを持つ男だと知れたのは僥倖だ。その愛を向ける対象が、あの悪魔のようなエルフでなければ……」

そう少し残念そうに言い残したロベルトは、ワイアットたちを引き連れてそのまま暴れることもなく応接室を後にした。

「な、なんだったんだ？　わけがわからん……」

ロベルトたちの急変っぷり、そして最後に残した言葉の意味も理解できず、レオンはしばらく立ちあがることもできずに戸惑う。

「まあ、いまの恋愛脳全開になってる王子たちの考えなんて、わからなくて当然か。それより、ティニー姫の様子を見てこないと……」

レオンはそう呟くと、気を取り直してようやく立ちあがる。

非情な婚約破棄宣言をしたロベルト王子がいきなりやってきて、ティニーはさぞかし不安に感じているだろう。

　ひとまず穏便にお帰りいただいたと報告し、安心させてあげようと、レオンは少し足早に応接室を出た。

「……あ、レオン様……」

「え……ティニー姫、どうしてここへ」

　まるで自分を待っていたかのように応接室の前に立っていたティニーを見て、レオンは思わず目を丸くする。

「あの……申し訳ありません。レオン様のことが心配で、少し魔法を……」

　ティニーが軽く頭を下げると、応接室の扉の隙間から出てきた小さな光の粒のようなものが彼女の肩にふわりと舞い降り、そして溶けるように消えてしまった。

　魔法に疎いレオンにはよくわからないが、光の精霊かなにかだろうか。

「この子を通じて、話は聞かせていただきました。……ロベルト様があまりにも無茶なことを言うようでしたら、これ以上ご迷惑をかけられませんし、私が出ていかなければいけないと思っていましたので……」

「えっ……いやいや、そんな……気にしないでください！　話を聞いていたならおわかりでしょうけど、別に王子の脅しなんて俺はなんとも思っていませんし」

レオンが慌てて制すると、ティニーはなぜか恥じらうように頬を染め、うつむいたまま上目遣いでじっと見つめてくる。

「あ、あの……はい。その……少し驚いてしまって、ですが、その……とても嬉しく思います、私も……」

そう呟き、一度言葉を止めたティニーは、少し恐る恐るという感じで戸惑うレオンへ問いかけてきた。

「本当に……よろしいのですね？　私……このままレオン様に甘えてしまって」

「ええ、もちろんですよ。大丈夫です、ティニー姫をこれ以上悲しませるようなことは、俺が許しませんから」

この世界の平和のためにも、この心優しい姫君を『終末の魔王』などにはしない。

そんな思いを胸に、安心させるよう優しく答えた直後。

「レオン様……」

「うわっ……え、あっ、ティニー姫……!?」

感極まった様子のエルフの美姫は、いきなりレオンの胸へ飛びついてきた。

腰に腕を回してしっかり抱きついてきているので、赤薔薇をモチーフにした華やかなドレスの胸元から零れ落ちそうな双丘が、お腹の辺りへ強く押しつけられる。

（や、柔らかい……って、いや、感動してる場合じゃないって！）

『建前』の婚約者同士でしかないふたりには、少々距離が近すぎる。

だが、レオンの胸板に顔を埋めるティニーの目は少し潤んでいて、とても離れてほしいと声をかけられるような雰囲気ではなかった。

「その、ティニー姫、あの……お、落ち着いてください。本当に大丈夫ですから……」

気の利いた言葉など浮かんでくるはずもなく、レオンが戸惑いの声をかけると、エルフの美姫はまだ離れたくないと言わんばかりにしがみつく腕の力を強めてきた。

「私はエルフと人の友好のため、この身を捧げ……努力してきました。この国のよき王妃になれるよう……ですが、どれだけ頑張ってもロベルト様との仲が縮まることはなく、疎まれるばかりで。……所詮、エルフと人、距離を埋めることはできない、愛されることなんてないと諦めかけていました。でも、でも……レオン様、あなたは……」

「ティニー姫……」

「……ティニーと呼んでください。私は……あなたの婚約者なのですから」

ようやく顔をあげたティニーは、涙を浮かべながらも優しい笑みを浮かべていた。

吸い込まれそうな美しさに、レオンは思わず息を呑んで見とれてしまう。

（でも、どうしてこんな……急に……？）

ロベルト王子たちとの話を聞いていたらしいが、それだけでこんなにも自分を想ってくれるようになった理由がわからない。

困惑しながら視線を泳がせていると、遠巻きに見ているメイドたちもなぜか感動したように目元を拭い、祝福の目差しを向けてきていた。

「王子の脅しにも屈しないなんて……」「レオン様、素敵だったわ……」

小声でメイドたちがなにか話しているが、はっきりとは聞こえない。

(本当に……どうなってるんだ、これ……)

レオンはギュッとお腹に押しつけられたままの、マシュマロみたいにふわふわと心地よい感触に鼓動を高鳴らせながら、思わぬ展開に混乱し続ける。

――自国の王子相手に、一歩も引かずに守ってくれた。

そのことに対するレオンと他の面々の評価の違いが、これから大きな騒動を呼び起こすことになるとは、まだ誰も気づいていなかった――。

「……ふぅ」

屋敷の自室。今回の騒動について、エルフ側の代表者から求められた報告書をまとめていたレオンは、一度その手を止めて小さく息をつく。

（しかし、わからないことばかりだな）

ロベルト王子たちの来訪から数日。

レオンは自分が予想もしていなかった展開の連続に、ただ困惑していた。

あれ以来、ロベルト王子たちが再度訪ねてくることはない。謹慎の言いつけを破って外出したことを国王や侯爵――それぞれの親へ報告しておいたので、警備をより厳しくしてくれたのだろう。

だが、彼らはティニーへの敵意をいまだに隠すことなく、『レオンが本気なら、こちらも本気で挑まなければ不作法というもの』と謎の闘争心を燃やし、なにやら企んでいる様子だという報告が届いている。

（まあ、そっちは想定の範囲内だ、どうにかする……なると思うんだけど）

レオンは顔を上げ、『想定外』の象徴に改めて目線を向ける。

「いかがなさいましたか、レオン様。お茶、お代わり注ぎましょうか？」

すぐ傍らに立っていた銀髪の美姫――ティニーが、そう微笑むとすぐティーポットを手に取り、空になっていたカップに甲斐甲斐（かいがい）しく注いでくれる。

もう淹れてからかなり時間が経っているはずだが、それでも湯気が立ち上るほど熱いままなのは、きっと彼女が魔法でどうにかしてくれているのだろう。

（魔法が気軽に使えると、こういうところで便利だよな……って、いやいや！）

すぐそんなことを考えている場合ではないと頭を切り換え、差し出されたティーカップを受け取りながら問いかける。

「ティニー姫……」

「レオン様、ティニーと……」

「ごほんっ、し、失礼。えっと……ティニー、最近、ずっと俺の私室にいらっしゃいますが……その、いまの部屋になにか不自由なところがあるのでしょうか？」

少しすねたように頬をふくらませて抗議してきたティニーに、レオンは慌てて『姫』を外して呼びかける。

あの日以来、こうして気さくな呼びかけを求められているのだが、まだ慣れない。

それに敬語口調をやめてほしいと言われているが、それにも時間がかかりそうだ。

「いえ、そういうわけではありません。ただ……自由な時間は、少しでも長く、レオン様のお傍にいたいだけです。……私、いまはレオン様の婚約者……ですから」

ティニーは恥じらうように頬を朱に染め、微笑みを浮かべた。

その幸せそうな姿を見ていると、なんだかレオンのほうも少し気恥ずかしくなってきて頬が熱くなる。

「こ、婚約者というのは……いや、まあ、それはともかくとして。あの……そういうことなら俺は別に構いませんが、だからといって、わざわざメイドの代わりに俺の身の回りの世話までしていただかなくてもいいんですよ？」

「えっ……あの……ご迷惑……でしたでしょうか？　お茶、お口に合いませんか？　メイド長さんからお好みを教えていただいたんですけど……」

「いえ、そういうわけではなくて……んっ……お茶は凄く美味しいんですが。その、仮にもエルフの姫君であらせられるティニーに、このようなことをしていただくのは心苦しいといいますか……」

少し悲しげに目を伏せてしまったティニーへ、レオンは慌ててお茶をひと口飲んでから改めて真意を告げる。

「ふふ、気になさらないでください。私はレオン様のお役に立ちたいだけですから」

機嫌を直してまた微笑みを浮かべたティニーは、少し潤んで恍惚(こうこつ)とした目差しを戸惑うレオンのほうへ向けてきた。

見つめ返すと、そのエメラルドのような瞳の奥に吸い込まれていきそうな、少し不安すら覚えてしまう美しさに、レオンはいよいよ頬の火照りを我慢できず視線を逸らし、書類に集中している振りをして誤魔化す。

（王子たちが乗り込んできた日以来、グイグイくるようになったよな……）

あの日以降、ティニーはこうして片時もレオンから離れようとしなくなった。

建前は『婚約者候補』となってはいるものの、まだ正式にそうと決まったわけではなく微妙な立場なのだから、勘違いされるような過剰な接触は避けるべきだ。

レオンもそうわかっているのだが、密かに憧れていたエルフの美姫にこうして甲斐甲斐しく尽くされると、どうしても胸が高鳴ってしまうのを我慢できない。

（お目付役も兼ねてるはずのメイドたちまで、微笑ましく見てるもんなぁ……）

このままでいいのかどうか、レオンは書類を確認しつつも悩んでしまう。

だが――。

「……こうしてお仕事に集中しているときのレオン様のお顔、普段より凜々しい感じがして……ふふっ、とても魅力的だと思います」

「ぶっ！　ちょ、ちょっと待ってください、ティニー姫!!　そんな……からかわないでください
よ、まったく。……ははは」

「あら、本当ですよ？　凜々しくて、素敵で……たとえお付きのメイドだとしても、他の女性にはあまり見せたくないと思ってしまうくらい」

本心か、冗談か。悪戯っぽく微笑みながらこちらを見つめるティニーは、すっかり元気

を取り戻して明るくなっていた。

（まあ、ティニーが元気になってくれたなら、ひとまずそれでいいか……）

彼女が絶望して闇に堕ち、『終末の魔王』として覚醒する。

その惨劇の心配がなくなるのなら、しばらくはこのままでいいだろうと思う。

そう思い、気恥ずかしさを堪えつつ、改めて目の前の書類に意識を集中する。

「……レオン様……」

――それ故に、レオンは自分を見つめるティニーの瞳から光が消え、重すぎる愛情が込められていることに、最後まで気づくことができなかった。


それからさらに数日後の夜。

「……レオン様、重ね重ね申し訳ございません、ご迷惑ばかりおかけして」

「いえ、とんでもない。俺のほうこそ気が利かずに……」

ベッドに横たわっているティニーへ、レオンはそう頭を下げた。

最近は元気になったように見えていたが、やはり気苦労が多かったのだろう。

ティニーは今朝から体調を崩し、こうして寝込んでしまったのだ。

「医者がいうには、いろいろと気苦労が重なったせいで疲れがでたのだろうということでしたし……しばらくは、ゆっくり休んでいてください」

レオンはティニーを落ち着かせようとどうにか笑顔を取り繕いつつ、席を立つ。

こうして彼女を預かっている責任者として、なにより最近はずっと一番近くにいた男として、体調を崩すくらい疲労が溜まっていたことに気づけなかったのが情けない。

(報告書や、方々への根回しで忙しかったとか理由にならない……はぁ、こういうところが所詮は『モブキャラ』だよな)

これが攻略キャラに選ばれるようなイケメンならば、もっと早くに察し、彼女が倒れる前に介抱してあげるなんて気の利いたことができただろう。

軽い自己嫌悪を噛みしめながら、療養するティニーを邪魔しないように部屋を出ようとしたレオンだったが――。

「あの……レオン様、少しだけわがまま……よろしいでしょうか」

ティニーの、少し躊躇いがちな呼び声に引き留められる。

「えっ？　どうしました、なにか必要なものでも？」

「いえ……できれば……傍にいてくださいませんか」

振り返ったレオンへそう呼びかけたティニーは、その思いを伝えるかのようにレオンのシャツの裾を指先で摘まんだ。

「……こういうとき、ひとりだと心細くて……」

「それは……そう……ですね」

確かに具合が悪いときは、気心知れた人が傍にいてくれるとありがたい。

気持ちはわかるが、それが自分でいいのかどうか自信を持てずに言葉を濁していると、ティニーが瞳を潤ませ、不安そうに問いかけてくる。

「ご迷惑でしょうか……？」

「あっ、い、いや、そんなことはないですよ。別に急ぎの用事はないですから、ティニーがもう平気というまで傍にいますよ」

レオンは具合が悪いエルフの美姫を少しでも気楽にしてあげようと、努めて明るい口調でそう答え、再びベッドの横に置いてある椅子に腰を下ろす。

「……ありがとうございます。ふふっ……こうしてレオン様のお顔を傍で見ているだけでも、少し身体が軽くなってくるようです」

「はは、こんな顔が薬になるなら幸いですけど」

冗談か本気か、うっとりと呟くティニーにそう答えながら、レオンは改めてベッドへ横たわる彼女を見下ろす。

（でも、この恰好のティニーとずっとふたりっきりというのは……心臓に悪いな）

療養中ということもあり、いまのティニーは当然、普段のドレス姿ではない。熱のせいか
空色を基調としたネグリジェを身に纏っているだけ、おまけに生地が薄く、
いつもよりも淡い桜色に染まっている肌が透けて見えてしまっていた。

部屋に漂う甘い薔薇のような香りも、熱っぽい美姫から漂うにおいだろう。

この絶世の美姫とふたりだけ、それを強く意識させられるシチュエーションに、女性経験皆無のレオンは早くも動悸が止まらなくなってきていた。

「えっと……飲み物でももらってきましょうか。水分をしっかり取らないと……」

看病を続けるのはやぶさかではないが、それでも少し気持ちを切り替えたい。

レオンが理由をつけて席を立とうとした刹那。

「んっ……はぁ……ふぅ……少し、胸が……苦しく……んっ……」

ティニーの呼吸が少し荒くなり、表情も苦しげに歪(ゆが)む。

「えっ？　大丈夫ですか？　あの……医者を呼んできましょうか」

「いえ、それほど大げさになさらないでください。少し息苦しいだけで……んっ……胸元を楽にすれば……」

気遣うレオンを安心させるよう、ぎこちなく笑みを取り繕ったティニーは、そのまま自らネグリジェの胸元をはだけさせた。

どうやらブラジャーは身につけていないらしく、雪のように白い乳丘が頂点近くまで覗き見えてしまう。

「うっ……え、えっと……それならいいんですが……その……」

一瞬、その魅惑のふくらみに目を奪われてしまったレオンだが、すぐにそんな場合ではないと視線を逸らす。

（本当に大丈夫なのかな？　熱のせいでぼーっとしてるのか、いつもより相当大胆な感じになってるけど……）

やっぱりもう一度、医者を呼んできたほうがいいのではないか。

ふたりっきりの雰囲気に飲まれてしまいそうなレオンはそう考えるが、エルフの美姫はもっとシンプルな治療法を求めてきた。

「あの……レオン様、少しだけ……さすっていただいてよろしいですか？」

「えっ？　さするって……あ、い、いや、胸……ですか？」

「はい。そうしていただくと、少し楽になると思うんです。レオン様がお嫌でなければ、是非……はぁ……っ……ん……」

息を荒く切らすティニーの求めに、レオンは即答できず絶句してしまう。

いまにもすべて零れ落ちてしまいそうな、この魅惑のふくらみをさする。

本音を言えば、思わず生唾を飲んでしまいそうな誘いだ。

（いや、でも、そ、それはさすがにまずいんじゃ……）

「……お願いします、レオン様。私……ひとりじゃない、大切に思ってくださる方が傍にいるんだと、感じていたいんです……」

必死に自制していたレオンだが、ティニーが潤んだ瞳でそう訴えてきたら、もう止めることができなくなってしまう。

「それは……わ、わかりました」

婚約者に酷い裏切り方をされ、傷心の姫君を慰めるため。

そんな言い訳を繰り返しつつ、レオンははだけた胸元へそっと右手を伸ばす。

「えっと、ゆっくりとさすればいいですか？」

「はい、お願いします。……はぁ……んっ……ふぅ……」

息を切らしながらうなずくティニーの言葉に従い、まずはネグリジェから零れ落ちている双丘の谷間辺りを中心に、円を描くようにして撫で回していく。

少し汗ばんで熱くなっている乳肌は、見た目以上に滑らかな感触だ。

手のひらに吸いついてくる、まるで絹のような極上の心地よさ。

軽く力を入れるとほどよい弾力で弛み、大きなマシュマロを弄(いじ)っているかのように錯覚してしまう。

（大きいのは見た目でわかってたけど、弾力も想像以上で……やばい、撫でてるだけなのに、こっちが気持ちよくなる……）

こうして女性の胸を触るのは、レオンにとって前世と今世を通じて初めての経験だ。

想像をはるかに超える心地よさに、撫で回す手の動きは自然と激しくなっていく。

まだ辛うじてネグリジェに包み隠されている、ふくらみの頂点まで手のひらが伸び、ツンと硬く尖った感触を布地越しに撫で弾いてしまう。

「んぅっ、あぁ……はぁ……ふぅ……」

「あっ、す、すいません、少し撫ですぎましたか……？」

ティニーの声が甘ったるくうわずり、それに反応してレオンは我に返りかけた。

「いいえ、大丈夫です。どうか、そのまま……とても楽になってきましたので」

「そう……ですか。それなら……はい……」

だが、囁くような声で再度促され、遠慮なく興奮に飲まれていく。

（柔らかくて、大きくて……いや、本当に大きいな。どんな服を着てても、ここが少し窮屈そうだなとは思っていたけど……）

見た目以上に豊かなサイズのふくらみを撫でていると、その奥からかすかに伝わってきていた鼓動も段々大きくなってきているようだ。

　熱い吐息をこぼすティニーの表情もうっとりと緩み、元々熱で火照っていた頬の色みも濃くなってきている。

「んっ……大きい……ですよね、私の胸……」

「……そ、それは、あの……えっと……はい」

　素直にうなずいていいのかどうか、一瞬迷ってしまったレオンだが、気の利いた言葉も思いつくことなく、結局同意してしまう。

　だが、ティニーはそれに怒ることもなく、ただ悪戯っぽい笑みを浮かべた。

「重くて大変なんです。肩も凝るし……それに、殿方の中にはいきなり不躾（ぶしつけ）な目線を向けてくる方もいらっしゃるので。いままで、あまり大きくてよかったと思ったことはありませんけど……ふふっ、でも……レオン様に気に入っていただけたなら……よかった」

「あ、そ、それは、その……あの……」

　さすがに遠慮なく触りすぎたかと我に返ったレオンは、名残惜しさを感じながらも手を離そうと試みる。

　だが、それより一歩早く、『逃がさない』と言わんばかりにティニーが自らの両手をそこへ重ねてきた。

「どうぞ、ご遠慮なく。んっ……もっと、私の感触、お楽しみください。私も……はふぅ……んっ、レオン様の温もり、感じたいです……はぁ、はぁ……んっ」

うっとりと呟くティニーの声は、さっきまでよりも熱っぽいものになっている。

見つめてくる瞳も切なげに潤み、一見、熱がかなりあがってきているようだ。

「あの……大丈夫ですか、ティニー。息もますます荒くなってきていますし……」

「はい。んっ……もしよろしければ……もっと、もっと……レオン様をお頼りしてもよろしいですか？　はふ……早く、身体を治す方法があるのですけど……」

問いかけるレオンへ、エルフの美姫は荒い吐息交じりの声で返す。

いまの状況で『早く治す方法がある』と言われ、それを拒絶する理由などない。

「俺に協力できることなら、喜んで」

反射的にそう答えたレオンだが、直後、ティニーが嬉しそうに口元を緩めたのを見て、なぜか少しだけ嫌な予感が脳裏を過ぎった。

このままこの美しくも一途な姫君へ、深く深く引きずり込まれていくような――。

それが正しかったとわかったのは、直後のことだ。

「……エルフは他者から魔力を分けていただくことで、自らの生命力を高めることができるのです。少し……レオン様の魔力、いただけますか？」

「魔力……ええ、別に構いませんけど……」

人間で魔法を使えるのは、特殊な訓練を積んだごく一部の才人のみ。だが、魔力自体は生きとし生けるものすべてが持っているものだと、エルフと交流が深いレオンは以前学んだことがある。

だが、それを他者へ分け与える方法があることまでは知らなかった。

説明を待つレオンへ、ティニーはそっと目を瞑りながら言葉を続ける。

「一番効率がいいのは、唇越し……です。……お願いします」

「いや、そ、それって⁉　……キスになっちゃいますよね……」

当たり前のことを、思わず口に出して問い返してしまう。

ティニーの役に立てるなら大抵のことはやってみせるつもりだが、さすがにそれは問題ではないかと躊躇いを覗かせる。

「……ご迷惑、ですか？」

だが、光が消えてどこまでも吸い込まれそうな深い色合いになったエメラルド色の瞳で真っ直ぐ見つめられると、強く否定もできなくなった。

「迷惑……じゃないです。でも、その……ティニーは……いいんですか？」

「はい。もし、レオン様のご迷惑でなければ……していただきたいです」

レオンが声を震わせながら問いかけると、ティニーは悩む間もなく即答し、もう準備はできていると言わんばかりにそっと目を伏せる。

わずかに濡れた桜色の唇が軽く突き出されると、レオンはもうそこから視線を外すこともできなくなってしまう。

「ティニー……俺は……」

ずっとさすり続けている双丘の奥から伝わってくる鼓動も、かなり速くなっている。

この美しいエルフのお姫様も、緊張しているのだろう。

そう思うと、自分がリードしてあげるべきだろうという責任感が沸きあがってきた。

「んっ……レオン……様……はむぅ……ちゅっ」

「はぁはぁ……んちゅっ、ちゅぅ……」

求められるまま、ゆっくりと唇を重ねる。

想像していた以上に熱く柔らかい、焼きたてのケーキみたいに甘く幸せな感触にうっとりしていると、いつの間にか口内へ舌が入り込んできていた。

（えっ……く、唇越しって……ここまでやらなきゃダメなのか？）

エルフの美姫の大胆な行動に思わず目を見開いてしまったレオンだが、恍惚の表情で頬を赤く染めている彼女と見つめ合っていると、いまさらそんな無粋なことを口に出す気は吹き飛んでしまう。

「んっちゅっ……ちゅっ、れろ……はぁ、ちゅぅうっ、んぅっ、はぁはぁ……」

彼女の想いに応えようと、我ながら苦笑してしまうほどのぎこちなさで舌を動かし、一生懸命絡めていく。

焼けるように熱い舌同士がこすれ合うたびに、まるで蜂蜜を舐めているかのような甘ったるい味わいが口内に広がる。

胸の奥から湧きあがってくる熱が頭にまで伝わってきて、なんだか意識までも蕩けてしまいそうな感覚だ。

(これがキス……なのか。やばい、これ……これだけで、もう……おかしくなる)

互いの立場を考えれば、こんなことをしてはいけない。

こちらの世界に転生して十数年、貴族としての常識をしっかりと弁えているレオンはそう自分を戒めようとするが、もう気持ちを止められない。

「レオン様……れろっ、んっちゅぅっ、じゅるぅっ……ちゅぅっ、はぁはぁ、ちゅぱっ、んっちゅううっ、ちゅっ、ちゅぅ……はぁはぁ、もっと……れろぉっ、んんん！」

積極的に舌を動かし、甘い唾液を口内へ送り込んでくる。

そんな情熱的なティニーの求めに応え、どんどん溺れていってしまう。

室内に響き渡る、互いの甘くうわずる声と、唾液の水音。それがどれだけ続いただろうか、やがて——その中に、ティニーの小さな笑い声が交ざった。

「んっ……ふふっ、レオン様……当たってしまっています」

「えっ……んちゅっ、なにが……って……うっ！」

目を細めて微笑むエルフの美姫に指摘されたレオンは、一瞬の間を置き、自らの股間に感じる疼きに気づいた。

貪るような激しいキスで、股間の屹立もすでに雄々しく勃起していたのだ。

ズボンを突き破らんばかりの勢いでふくらんだその先端が、覆い被さっているエルフの美姫の下腹辺りへ遠慮無く押しつけられている。

「す、すいません！　これは、あの……」

「……はしたないことを言ってしまって、ごめんなさい。でも……私、嬉しいです。レオン様にそんな風に思っていただけて……」

慌てて謝って身体を離そうとしたレオンだが、ティニーはうっとりとした眼差しでそう語り、彼の腰に回していた腕にぐっと力を込めてきた。

同時に軽く下腹部を浮かせ、ネグリジェの薄い布地越しにちょうど股間の辺りへ怒張の隆起が当たるように動き出す。

「あのっ、ティニー……それは、その……」

「婚約者……だった、ロベルト様からは、一度も女として見られたことはありませんでした。忌まわしい化け物を見るような冷たい眼差しばかりで……でも、レオン様は、私のことをちゃんと女……魅力的な女として見てくださっているのですね」

レオンが言いよどんでいる間に、ティニーは甘く囁くような声で自らの切々とした思いを語りつつ、腰の動きを激しくしてきた。

布地越しに勃起が執拗にこすられ、焼けるような熱感が伝わってくる。

それが少し湿り気を帯びているような気がするのは、もしかして、自分を狂おしく求めてきている美姫も、同じように昂ぶっているからなのだろうか。

「んっ、ちゅっ……はぁはぁ、レオン様、私に……感じさせてください。こんな私でも、心から想ってくださっている人がいる……求めてくださる人がいると……ちゅっ、んんんんっ、れろぉ……エルフの私でも、人に愛していただけるんだと……言葉ではなく、確かに感じたいのです。……あなたに……感じさせてほしい……ちゅっ、んっちゅぅ」

長々と続くキスの合間に告げられる、そんな熱い想い。

円を描くような腰の動きも激しくなり、布地越しにこすられ続けている剛直の先端がジンジンと心地よく痺れてきていた。

「ティニー……でも……んっ、ちゅっ、ちゅぅ……はぁっ、んっ」

まっすぐこちらを見つめてくるエメラルドの瞳は、強すぎる想い故か光が消えて深く暗い色合いになっていて、どこまでも吸い込まれてしまいそうだ。

心の奥をしっかりと掴まれて、もう逃げられない。

背すじが震えるような恐怖と悦びが同時に沸きあがってきて、もう冷静に物事を考える余裕もなくなっていく。

（あのティニーが……俺をこんなに求めてくれてる。こんなにもか弱くて、美しい、エルフのお姫様が……）

ひとつ屋根の下で暮らし、少しずつふくらんできていた想いを、レオンもこれ以上抑えることはできそうになかった。

「レオン様……お願いします。私は、このままずっと……ずっとあなたの傍にいていいんだと……安心させてください。私を、あなたのものに……」

「……そ、そんな風に言われると、俺は……っ……もう……」

甘い声で求められたレオンは、もう自分を抑えることができなかった。

ズボンの中で張り詰めていた屹立を慌ただしく取り出すと、ネグリジェの裾をつまんで下腹の辺りまで引きあげる。

すぐ目に飛び込んできたのは、髪と同じ、銀色の薄い茂みに覆われた下腹部。

そして、たっぷりの蜜汁を滴らせながら震える、薄桃色の割れ目だった。

どうやら、この美しきエルフ姫は、眠るときは下着を身につけない主義らしい。

いきなり秘所を目の当たりにして驚いたレオンだったが、少しずつ綻び広がっていく秘裂を見ていると、すぐ我慢の限界を迎えてしまう。

「……きてください、レオン様」

「……は、はい……」

誘われるまま素直にうなずいてしまったレオンは、自らの怒張の根元を掴むと、その先端を熟れた果実のように甘い香りで誘ってくる淫穴へ押しつける。

ニチュッ……クチュッ……。

鳴り響く卑猥(ひわい)な水音と、亀頭(きとう)に伝わってくる蕩けそうな心地よい熱。

それだけで背すじが震え、意識が遠のくような昂ぶりを感じながら、レオンは夢中で腰を突き出していく。

グッチュッ……ズブリュウッ、ニッチュッ、ズチュッウウウッ！

「はぐぅっ、あぁ、レオン様ぁ……ひぃっ、あぁっ、いいっ、あああっ！」

窮屈な肉道を硬く太く張った肉棒で突き広げていくと、それに合わせて目を瞑ったままのティニーが甲高い悲鳴のような喘ぎをあげた。

細い身体が小刻みに震え、そのたびに膣粘膜がキュンキュンと収縮して侵入した怒張へ絡みついてくる。

「くぅっ……うぅっ、あぁ、は、入った……くっ、ううぅっ……」

先端が行き止まりに軽くぶつかったところで、レオンは一度動きを止める。

前世でも経験がなかった女性との交わり、それをこの誰もが認める美しいエルフの姫君としてしまったのだと、いまさらながら言い知れぬ喜びが沸きあがってきた。

「はぁはぁ、はい……レオン様のこと、お腹の奥まで感じています。んんっ、あぁ、嬉しい……レオン様……私を大切に思ってくださっている……本当に愛しいお方と、こうして結ばれて……私っ、はひっ、んっ、幸せ……はぁはぁ、くぅぅっ」

ティニーが興奮を隠せないうわずる声で訴えるたび、膣壺全体がきつく締まる。

茹だるように熱く火照る屹立が息苦しいほど圧迫され、そのたびに竿の芯をジンジンと快感の電流が走った。

「ティニー……んっ、はぁはぁ、だ、大丈夫ですか？　痛みとか……」

熱く息を切らすレオンが結合部へ目線を向けると、自らの幹竿で丸く押し広げられた膣口の隙間からは、少し泡立って白濁した愛液に混ざり、赤いものも垂れてきている。

本当にこの姫君——本来、王子の婚約者であったティニーの純潔を自分が奪ってしまったのだと否応なしに実感させられる光景に少し呆然としながら、気遣って問いかけた。

「はい……んっ、少しだけ、疼いていますけど……それより……私、嬉しい……とっても嬉しいのです。レオン様……私を守り、愛してくださるあなたに……こうして、女として求めていただけて……こんな……こんな幸せを味わえるなんて……」

感極まったように少し涙ぐんでいるティニーは、レオンの腰に回した両手に強く力を込め、息苦しくなるほど抱きついてくる。

ネグリジェが大きくはだけ、ほとんど丸見えになってしまった双乳がレオンの胸板へ強く押しつけられ、グニュリッと弛み潰れてしまう。

手でさすっていたとき以上に、その心地よい弾力を感じられ、それだけでも意識が遠のくほどの興奮を覚える。

「んっ、はぁ、ティニー……そんなに抱きつかれると、もう……俺は……」

「はぁはぁ、大丈夫、ですよ。痛くありませんので……んっ、はぁ、私も……これ……はふうっ、いま、私の中でふくらんでくださっている……レオン様のこと、もっともっと感じたい。いっぱい、いっぱいレオン様を感じたい……私の身体、隅々までレオン様のにおいを染み込ませてください。もっとっ、もっと……激しく……んちゅっ、はぁ、いっぱい……して……んっちゅっ、じゅるっ、ちゅううっ、はぁ、んっちゅっ！」

恍惚と目を細めて訴えるエルフの美姫は、それ以上の言葉は必要ないと言わんばかりに再び唇を重ねてきた。

呼吸もままならないくらい唇を隙間なく密着させ、すぐさま舌を伸ばして口内に挿し込み、絡めてくる。

唾液を分かち合う水音をわざとらしいくらい大きく鳴り響かせる情熱的なキスは、レオンの理性を欠片も残さず吹き飛ばすには十分すぎるものだ。

「んちゅっ、はぁ、ティニー……んっ、ちゅっ、はぁはぁ、くううっ！」

人生初めて味わう昂ぶりに、レオンは返す言葉も咄嗟には浮かばず、ただ本能の赴くまま夢中で腰を振り始める。

ヌチュゥッ、ズッチュゥッ、ヌチュウッ、ヌチュヌチュッ！

「はぅっ、くう！　あぁ、レオン様っ、いいっ、はひっ、んんんっ！　それぇ、はひぃ、もっと……は、激しくっ、くはぁっ、はぁ、はふううっ！　はぁ、はぁ、嬉しい……私の大事なところっ、レオン様のもの……レオン様のおちんちんで、いっぱい、いっぱい突かれてぇ……レオン様の形にしていただけてますっ！　レオン様のものっ、レオン様だけのものにしてもらえてりゅっっ、んふっ、はぁ、ひふぁっ、あああっ！」

水音を響かせながら肉棒を出入りさせるたびに、感極まって涙をこぼすティニーが喜びの叫びをあげた。

狭まる膣粘膜を竿肌や硬く張り出した肉傘で強くこすると、それだけで形を覚えたと言わんばかりによりぴったりと隙間なく怒張へ密着してくる。

まるであちらこちらに吸盤が張り付き、それを無理矢理引き剥がすかのような強い刺激が腰まで響いてきて、レオンは早くも意識朦朧となってしまう。

「んっちゅっ、はぁ、ティニー……んっ、はぁはぁ、中が……くぅっ、はぁ、はぁ、熱くて……窮屈で……んちゅっ、はぁ、はぁ」

「はぁ、はいっ……レオン様とひとつになれて、嬉しくてっ、もう二度と離れたくないと身体が……おま○こが、わがままを言ってしまっていますっ、んっちゅっ、はぁ、愛しい……レオン様っ、あぁっ、愛しい、本当の婚約者様……んちゅっ、ちゅううっ！」

ティニーは吹っ切れたように想いを叫び、舌を情熱的に絡めてくる。

キスと抽送の水音が暗い室内に響き渡り、むせかえるように漂う愛液の淫臭とともに艶めかしく甘い雰囲気を盛りあげていく。

「レオン様、私、もう……んちゅっ、決して離れません！　愛などないっ、ただ姫としての使命感だけで結んだ婚約などっ、もう戻れない……ちゅっ、んっちゅっ、本当に愛しい殿方……私を守り、慈しみ、愛してくださるレオン様だけを見て、レオン様だけを愛していたいっ、んちゅっ、はぁ、好き……しゅきっ、レオン様っ、はむっ、んっちゅっ、ちゅううっ、好き、好き好き好き好き好きぃっ、はぁ、しゅきっ、はむううう！」

「んぷっ、はぁ、はぁっ、ティニー……んっ、ま、待って……んっぐっ！」

エルフの美姫は狂おしい愛の言葉とともに、息つく間もなく唇を重ねてくる。

レオンはその合間に辛うじて呼吸をしながら、押し潰されそうなほどの重い愛情にすっかり圧倒されてしまっていた。

自分を真っ直ぐ見つめるエメラルドの瞳からは完全に光が消え、そのまま飲み込まれそうな不思議な美しさと恐怖を感じる。

（ティニーって……愛が重いタイプなのかな）

ゲームでは婚約者の裏切りを機に『終末の魔王』として覚醒するだけに、そういった一面を持っているのかも知れない。

想像していた以上の愛の大きさに圧倒されてしまうが、それだけ想ってもらえていることが不思議でもあり、嬉しくもある。

（俺もティニーを幸せにしてあげたい。だから……）

一方的に婚約破棄されて打ちひしがれる彼女を憐れみ、『終末の魔王』復活を止めるために救いの手を差し伸べた。

　最初のきっかけはそれだったが、こうして一緒に住み、想いを向けられ、彼女への純粋な愛情もどんどんふくらみ、もう止められない。

「んちゅっ、はぁ、俺も……愛している、ティニー……んちゅっ、はぁはぁ」

　その気持ちを彼女へ伝えようと、レオンは気持ちよく痺れている腰へ力を込め、抽送をさらに加速していく。

　ズチュウウウッ、ズブズブッ、ンチュッ、ズチュウウッ、ズブブブッ！

「ひぅっ、あぁ、レオン様、いいっ、あはっ、いっぱい……中、いっぱい突かれてぇ、あはぁっ、あぁ、そうっ、おま○こぉ、全部、レオン様のものになってりゅっ、おっほっ、おおおおっ、レオン様の形っ、覚えてぇ、はひっ、はぁ、しゅきっ、しゅきぃっ、ひいいいいいっ、イッ……んちゅっ、はぁ、はひっ、ああ！」

　レオンは派手に乱れた喘ぎをこぼすティニーを見つめながら、腰使いに変化をつけ、ただ行き止まりを突くだけではなく、その手前の上側や下側、さらには入り口近くのコリコリと硬いＧスポットの辺りなどを亀頭で突き潰していく。

　前世では使う機会がなかった、性的な知識。もう記憶もおぼろげになっているそれを必死に思い出し、愛しい姫君を悦ばせようと動き続ける。

「はぁっ、はひっ、レオン様、もっと……んちゅっ、私をもっともっと愛して……もっともっと私にっ、愛させてくりゃしゃいっ、んっちゅっ、しゅきっ、はぁ、んんっ！」

「んちゅっ、はぁ、俺……んちゅっ、俺も……はぁはぁ」

　ティニーの声が跳(は)ねあがるたびに、膣内(ちつない)がよりきつく収縮する。

　腰に回された腕の力が強くなり、胸板がギュッと押しつけられた双乳で撫でこすられるように刺激され、そのくすぐったい心地よさが全身の感度をさらに高めてくれた。

　熱く蕩けた膣粘膜に舐めしゃぶられるようにこすられる屹立が何度も痙攣(けいれん)し、根元にこみあげてきている熱いものがいまにも迸(ほとばし)ってしまいそうだ。

「はぁはぁ、ごめんなさい、ティニー……もう、げ、限界……だからっ……んっ、くうううううっ、抜かないと……はぁはぁ、うううっ、で、出るっ……」

　さすがにいまの状況で妊娠させてしまったら、洒落にならない修羅場になる。

　レオンはこのまま愛しい人の胎内で果ててしまいたいという衝動を残った理性でどうにか押しとどめ、腰を引こうとした。

「嫌、です……このまま、もっと……もっとレオン様を……感じたいのっ」

「えっ……んちゅっ、んっぐっ、んん！」

　ティニーは睨むように眉間へ皺(しわ)を寄せて叫ぶや否や、離れようとするレオンを追いかけるように腰を浮かせる。

　半分ほど抜けかかっていた怒張が再び根元まで膣壺に埋まり、その状態で肉穴全体がいままでよりもさらに一段きつく狭まった。

　たっぷりの愛液に塗れた粘膜壁が隙間なく竿肌へ張り付き、表面の皺が小刻みに蠢いて全体がくすぐられるように刺激される。

「んっぐっ、ちょっ、ま……んっちゅ、んむっ、むぅっ、んむううう！」

　ティニーを落ち着かせようとするが、唇も呼吸が完全にできなくなる勢いで貪られ、どうすることもできない。

「はぁはぁ、らぁ、らしてぇ……くださいっ、んちゅううっ！　レオン様の……んちゅ、赤ちゃん……ほしいですっ。愛しい方の赤ちゃん、すぐっ、すぐほしい……愛の証、確かな証、ほしい……ほしいのっ、んっちゅっ、あぁ、レオン様っ、しゅきっ、しゅきしゅきしゅきぃっ、んちゅううっ、じゅるっ、ちゅううう！」

　息苦しさで意識朦朧とするレオンは、そんなティニーの情熱的な声と円を描くような腰使いで、我慢しようがない昴ぶりへ押しやられていく。

「んっちゅっ、本当に愛してくださる殿方と結ばれた証っ、んちゅっ、ほしいっ、ほしいですっ、絶対、絶対にほしい……レオン様っ、レオン様ぁっ、んっちゅうっ！」

「ティ、ティニー……んっぐっ、うっ、もう……出る……あぁあっ！」

繰り返される情熱的な愛の言葉と膣壺の締め付けに、彼女同様に初体験で経験不足なレオンが耐えられるはずもなかった。

蕩けるように熱い膣粘膜に包まれた怒張が勢いよくふくらみ——目の前が白く染まるような狂おしい快感とともに、熱いものが尿道を駆けのぼってくる。

ドッビュウウウウウウッ、ビュブリュゥッ、ビュビュウ！

「んふぅっ、はぅっ、ふぁあああっ！　あはっ、で、出てますっ、んっちゅっ、わらひの中ぁ、レオン様の……んちゅっ、熱いのっ、出て、んっぐっ、ちゅぱちゅぱっ、んんっ、いいっ、はひぃっ、イッ……んふううううう！」

下腹部が弾けたのではないかと錯覚するほどの、強烈な快感。

ティニーもそれに等しい悦びを味わっているのだろう、美しい顔を淫らに蕩けさせ、部屋中に絶頂の喘ぎを響かせていた。

グイグイと腰を浮かせ、薄い銀色の茂みに覆われた下腹部をレオンのお腹へこすりつけながら、吐精を続けるペニスの先端を子宮口へこすりつけている。

「んっちゅっ、はぁ、ティニー……んっ、そ、それ、少し待って……くぅっ、出てるときに、先っぽ刺激されるのは……うぐっ、ああっ」

「はぁはぁ、無理ですっ、んっちゅっ、気持ちよさそうなレオン様のお顔、見ているとぉ……んちゅっ、はぁ、もっとっ、もっと感じたくなってぇっ、もっと、レオン様のにおいをすり込んでいただきたくてぇ、おっほっ、んっちゅっ、じゅるるるっ！」

絶頂直後の亀頭が少しコリコリと硬い子宮口とこすれるたびに、耐えがたいほどのくすぐったさが腰まで響いてくる。

息絶え絶えになりながら訴えても、恍惚と蕩けるティニーは激しい腰の動きを止めることなく、光の消えた目差しで歓喜を叫び続けた。

「んふっ、はぁはぁ、感じます……もう、お腹……子宮、いっぱいに熱いのぉ……レオン様の……はひっ、はぁ、熱いのぉ……愛を……感じますぅっ……」

幸せで、そして息苦しい。そんな一生忘れられそうにない射精がようやく終わると、そんなティニーも限界が訪れたのか脱力する。

しがみついていた腕を離し、ぐったりとベッドに寝転がって荒く息を切らす。

「はぁはぁ……んっ、ティニー……だ、大丈夫ですか？」

そんな姫君を気遣いつつ、レオンはゆっくりと腰を引いていく。

名残惜しげに絡みついてくる膣粘膜との摩擦に思わず顔を顰めつつ、それでも窄む穴口を雁首で捲るようにして怒張を引き抜くと、すぐに中へ注いだばかりの白濁がゴボゴボと音を立てて溢れ出てきた。

「はふぅ……んっ、あぁ、ダメです。せっかくレオン様からいただいたもの……はふぅ、熱い……赤ちゃんの素、こぼれてしまいます……んくっ、はぁはぁ……」

切なげに訴えるエルフの美姫は、少しだらしなく足を広げたまま、火照りで淡い桜色に染まった自らのふとももを伝って垂れていく白濁の残滓(ざんし)を見つめている。

どこまでも幸せそうに頬を緩めている姿からは、彼女が心からレオンを愛し、こうして結ばれたことを喜んでいると伝わってきた。

(俺も嬉しい……けど……)

「んっ、あぁ……レオン様……私の、レオン様……はふぅ……」

こちらをずっと、見つめてきている光の消えた瞳。

それを見返していると、なんだか言い知れぬ不安が胸いっぱいに広がる。

(……いや、大丈夫だ。こうなったからには、俺がどうにかしないと……ティニーのことを、幸せにしてあげないと……)

レオンはそう自分に発破をかけることで、その不安をぬぐい去るのだった——。

二章　エルフ姫の甘い罠と、『終末』の気配

「ありがとうございました、レオン様。とても楽しめました」

「これくらい、お安いご用だよ」

王都の郊外にある、石造りの古めかしい建物——オルファイン王国の王立博物館を出たレオンとティニーは、細い路地を通りながら屋敷へ向かって帰路についていた。

今日はふたりともあの騒動の日以来、初めての制服姿だ。

この恰好だと供を連れずに町歩きをしていても違和感がないので、お忍びで外出する貴族の子息たちは、あえて制服を身につけることも少なくない。

「前から一度きてみたいと思っていたのですけど、なかなか機会がなくて……」

ティニーはそう言って、閉館時間ギリギリまで見学していた博物館のほうを少し名残惜しそうに振り返り見る。

今日は午後遅くからレオンに少し時間ができ、ずっと外出できないでいたティニーに気晴らしをさせてあげたいと、外へ連れ出したのだ。

どこかいきたい場所はないかと尋ねた結果、彼女がリクエストしたのが、オルファイン

王国の歴史的遺物や芸術品が数多く収められた、この博物館だった。

「そうだったのか。それなら、早く言ってくれればよかったのに」

「ですが、レオン様は毎日お忙しそうでしたし……それも私のために……」

ティニーはそう答えながら周囲の様子をうかがい、ひと目がないのを確認すると、すぐにレオンの腕へしっかりとしがみついてきた。

「うっ……ティ、ティニー、外でこういうことは……」

「大丈夫です、誰も見ていませんし……少しだけ、このまま……ふふっ」

惜しげもなく腕に押しつけられる双乳の弾力に照れてしまうレオンだったが、ティニーのほうはまるで気にする様子もなく、ただ嬉しそうに頬を緩めて微笑んでいる。

（どんどん大胆になってきてるよな、ティニー。いや、俺のほうが慣れてなさ過ぎるだけなのかも知れないけど……）

どうにか敬語をやめることだけはできたが、こうして彼女の温もりを近くに感じることにはまだ当分慣れそうにない。

病床のティニーに誘惑されるまま一線を越えてしまったのは、一ヶ月ほど前のことだ。

それからティニーは、以前にも増してレオンにべったりくっつくようになっていた。

一応婚約者という名目で屋敷に匿っているが、あくまでも現状では建前に過ぎない。

節度を保った関係でいなければいけないとレオンは何度も自らを戒めているが、こうして遠慮なく甘え、誘ってくるティニーにいつも押し切られてしまっている。

例えば——。

「あ、あの……どうしようか。少しいったところにある、うちの家の馴染みのカフェまでいけば、迎えの馬車を手配してもらえるけど……」

「お屋敷まで、歩いてもさほど時間はかかりませんし……できれば、こうしてふたりっきりのお散歩を楽しみたいです……いけませんか？」

「えっ……あ……うん、そういうことなら、このまま……」

侯爵家の子息とエルフの姫君、まだ学生という立場だとしても、本来ならば気安く歩き回るということはあまり褒められたことではない。

それでも、こうしてエルフの美姫に上目遣いでおねだりされると、断り切れずにうなずいてしまうのだ。

「レオン様とふたりっきりで過ごす時間、最近は少ないので……昨日は特に、たった四時間と二十三分ほどしか、ふたりだけの時間を取れませんでしたので」

「ああ、昨日は陛下たちとの打ち合わせが長引いて帰りが遅くなったから……って、あの……随分と具体的に覚えてるんだね」

「はい。レオン様と一緒にいられる時間は、私にとって最高の宝物ですから」

迷いなく答えるティニーのエメラルドの目からは、光が完全に消えている。

最近、よく見るようになった、吸い込まれそうな暗い色合いの瞳。

こうして見つめられていると、なんだか漠然とした不安が胸いっぱいにふくらみ、背すじが少し震えてしまう。

(なにを怖がってるんだ、俺は。ティニーは俺を本気で愛してくれているだけなのに)

その気持ちに応えたいと思い、レオンはこの一ヶ月、一生懸命動き続けていた。

建前の婚約関係を本物にするため、国王やエルフの責任者たちへ相談を持ちかけ、実家のほうにも根回しをしている。

それにティニーがいつまでも屋敷に隠れて暮らしている状況はよくないと、新学期からもまた普通に学園へ通えるように手配もしていた。

いまのところすべて順調に進んでいる。ふたりの仲が、正式に認められる日もそう遠くはないだろう。

(俺が全力でティニーを幸せにしてあげられれば、『終末の魔王』として覚醒することもないだろうし、全部上手くいくはずだ。後は……ロベルト王子たちだな)

唯一の不安は、屋敷まで乗り込んでくるほどティニー追放に執着している王子一派だ。

相変わらず、『メインヒロイン』のシャーロットの意志などお構いなく、ティニーをどうにかして王国内から追放しようと諦めていないらしい。

(これ以上、面倒なことをしないでくれればいいんだけど……)

レオンが心の中で、そう願った——直後のことだった。

目を細め、うっとりとしがみついていたティニーが、不意に表情を強張らせた。

「レオン様……！」

「えっ？　どうかした……って……」

レオンが首を傾げて問い返した刹那、路地の物影から、覆面で顔を隠した体格のいい男たちが数名、姿を現したのだ。

その手には棍棒が握られており、明らかに殺気立っている。

「お前たち、誰だ？　俺がクライブ侯爵家のレオンだと知ってのことか！」

ティニーを庇うように一歩前に出たレオンが一喝するが、男たちはひと言も発しない。

ただ棍棒を片手に、じわじわ距離を詰めてくるだけだ。

(何者だ、こいつら！　ゲームに、こんな襲撃のイベントあったっけ？)

これが攻略対象のイケメンたち——ロベルト王子やワイアットなら、剣を片手に返り討ちにしていいところを見せるという展開もあり得ただろう。

だが、所詮は『モブキャラ』であり、前世から文化系人間だったレオンに剣術の心得はなく、恰好いい見せ場は作れそうにない。

「くっ……ティニー、こっちへ！」

「……はいっ」

こうなれば助けを求められる場所へ逃げ込むしかないと、レオンはティニーの手を掴んで、大急ぎで駆け出した――。


「はぁ、はぁ……どこか、隠れられそうな場所は……くっ……」

「レオン様、大丈夫ですか？　息が切れていますし……それに足ももつれて……」

「だ、大丈夫……と言いたいけど、そろそろ……げほげほっ」

どうにか恰好つけたかったレオンだが、限界を迎えてむせながら足を止めてしまう。

覆面の男たちから逃げ出したふたりは、不味い状況に陥っていた。

場所が王都の郊外だったこともあり、衛兵の番所などがすぐには見つからない。

逃げ込めそうな屋敷や建物も見つからず、どうにか駆け込むことができたのは、先ほど出てきたばかりの王立博物館だった。

しかし中に残っていたのは、剣を振ったらその反動で自分が倒れてしまいそうなか細い体格の研究員が数名だけ。とても屈強な覆面の男たちを迎え撃つことなどできそうになく、『助けを呼んできてくれ』と言伝して、こうして博物館の奥へ逃げ込むしかなかった。

「警備兵が常駐してるかと思ってたけど……しまったな」

レオンたちがいるのは、オルファイン王国の偉人たちの石像が並ぶ展示室だ。

身を隠せるような場所もなく、安心できる場所ではない。

(でも、あいつらはすぐ近くまできているだろうし……どうする？　というか、そもそも何者なんだ？　まさか……ロベルト王子たちが……？)

いくら暴走している彼らでも、刺客を送るまでのことはしないと思うが、あのまったく話が通じなかった姿を思い浮かべると、可能性としてはあり得る。

そんなことを考えている間に、博物館の静かな雰囲気に似つかわしくない、乱暴な足音が近づいてきていた。

「犯人捜しより、いまはこの場をどうするか……だな」

自分が犠牲になって、時間稼ぎをしている間にティニーを逃がす。

その覚悟を決め、軽く震えながらも勇気を振り絞って飛び出そうとした——が。

「仕方ありませんわ。でも……レオン様を傷つけようとする愚か者が悪いのです」

淡々と、隣にいたレオンが思わず驚き凍り付いてしまうほどの言い知れぬ恐怖を感じさせる声で呟いたティニーが、それより早く前へ歩み出た。

「ティニー……？」

「魔法というものに慣れていない方が多いこの国……人間の社会に馴染むために、できるだけ魔法の使用を控えていました。特に……相手を傷つけてしまう可能性があるものは」

そう呟いたエルフの美姫が片手をゆっくり上げると、そこから細い稲妻のような閃光が パチパチと音を立てて放たれる。

足下には黒い霧のようなオーラ——魔力の渦が広がり、それがゆっくりと展示室全体へ広がっていく。

「私を慈しみ、癒やしてくださった愛しいレオン様に……指一本触れさせません。レオン様を害そうとして、恐怖を感じさせただけでも大罪。そんな罪人を裁くためなら……禁忌を破ってしまっても、仕方ありませんわ。ふふっ、レオン様に仇なす害虫……いますぐに思い知らせて差しあげましょう……ふふふふふふっ」

低く笑うティニーの姿は、いつもの穏やかで優しげな姫君の面影がない。

まさに『終末の魔王』と呼ばれるに相応しい威圧感を漂わせていた。

「ま、待ってくれ、ティニー！　魔法を使うなら、もっと……その、姿を隠すような魔法とか、そういう穏便なものにしようっ!!」

このまま暴走するティニーに魔法を使わせてしまったら、本当に取り返しがつかないことになってしまう。

本能的にその危機を察知したレオンは、顔色を変えて必死に訴える。

「ですが、レオン様を害そうとした愚か者たちをこのまま逃がすわけには……」

「ここは貴重な展示物が集められている博物館だしさ！　歴代の偉人たちの象を壊すようなことがあったら、大問題になるよ。それに、ティニーにそんな荒っぽい真似をさせたくはないし……だから……」

レオンが必死に頼み込むと、エルフの美姫も少し落ち着きを取り戻したようだ。

何体も並ぶ偉人たちの石像を眺め、納得したように手を下ろした。

「そうですね……場所が場所ですし……レオン様がそう気遣ってくださるなら……」

ティニーは呟きながら、代わりにどんな魔法を使うか思案しているようだ。

やがて、なにか思いついたようにレオンの手を掴み、近くにあった石像のほうへと歩み寄っていく。

「レオン様、いい方法を思いつきました。この展示室にぴったりの隠れ方ができます。さあ、こちらへ……どうか、ここへ立っていてくださいませ」

「えっ……ああ、うん」

一体、どういう方法だろうか。

想像もつかないが、レオンは言われるまま、近くにあった石像の隣に立った——。

賑やかな足音を立て、覆面の男たちが石像の展示室へ駆け込んできたのは、それから一分足らず後のことだ。

「……どこに隠れた？」

「他は捜したし、後はここくらいだが……いないな」

男たちは誰もいないと思っているのか、さっきまでのように無言ではなく、ひそひそと語り合いながら展示室内を歩き回る。

「急げよ。博物館の研究員が、衛兵の詰め所まで駆けていったからな。誰かきたら、面倒なことになるぞ」

「わかってるよ。はぁ、エルフの姫様と侯爵家の子息に脅しをかけろって、どうして俺たちがこんな馬鹿な真似をしなきゃいけないんだよ。全部、あのバカ息子のせいだ！」

覆面の男のひとりが、苛立ち(いらだ)をあらわに地団駄を踏んで吐き捨てる。

「言うなよ。俺たちがこの仕事を引き受けなきゃ、あのバカ、裏社会の厄介な連中に金ずくで頼むとまで吠えてたんだ」

「そんな連中を使って、万が一でも相手の命を奪うまでやり過ぎちまったら、エルフとの同盟も完全に破談、侯爵家同士の争いも起きて国が傾くってことくらい、誰でも簡単に想像できるもんだと思うがな……」

「そう思いつける頭があれば、こんなバカな命令を出すわけがないさ。まったく、元帥閣下が王都を離れているタイミングで、厄介なことを……」

覆面の男たちはそんなことをぼやきながら、展示室内を捜し続ける。

「……どこにもいないな。外に逃げられたか？　入り口に見張りは置いてきたが……」

「職員用の裏口があるんじゃないか？　ああ、クソ、そろそろここを離れないと、衛兵が駆けつけてきてもおかしくない時間だぞ。……仕方ない、戻って、あの癇癪持ちのバカをどうにか宥めるとしようぜ」

覆面の男たちは並ぶ石像を眺めつつ、がっくりと肩を落として立ち去っていく。

展示室に再び静寂が戻り――数分が過ぎた頃。

ずらりと並んでいた石像のひとつ、長髪の女性の像が突如光を放ち始めた。

「ふぅ……どうにか上手くいきました」

安堵のため息をこぼしながら、特徴的な長耳を隠すために垂らした髪を元のポニーテールにまとめ直していくのは、エルフの美姫――ティニーだ。

「あの追手の方々も、そこまで本気で私たちを追い詰めるつもりではなかったようで……それが幸いしました。石像をひとつずつ確認されていたら、さすがに違和感を覚えられていたでしょうし……」

ティニーはそう苦笑しつつ、さっきまで自分が立っていた場所のすぐ隣にある、若い男性の石像に声をかける。

(確かに……それにしても、この隠れ方は思いつかなかった)

石像――ティニーの魔法によって直立不動の体勢で石化しているレオンは、まだ声を発することもできず、心の中で呟く。

『木を隠すには森の中』

そんなティニーの思いつきで、ふたり揃って魔法で石像に紛れ、身を隠したのだ。

(偉人の像が並ぶ中に、俺みたいな『モブ』が交ざっても、威厳とか風格がなさ過ぎてバレるかもってひやひやしたけど……ティニーが言うとおり、あいつらにあんまりやる気がなかったのが不幸中の幸いだ)

こうして石になった状態でも、周囲の音は聞こえる。

追手たちの会話の内容から察するに、彼らは軍の人間――そこに大きな影響力を持つロベルト王子の取り巻きのひとり、ワイアット・ハリソンの命令で自分たちを脅しにきたのだろうと察しはついた。

(洒落にならないぞ、こんなの)

侯爵家の人間が、同じ侯爵家の人間に手出しをしたのだ。

これが表沙汰になれば、国に莫大な影響力を持つ侯爵家同士の争いに発展しかねない。

(そんなことになれば、自分たちだけじゃなくて、争いの大本の原因としてシャーロット嬢まで罪を追及されることになるって、想像もできないのかよ)

公の場で国の命運をかけた婚約を独断で破棄しようとした時点でわかっていたが、王子もその取り巻きたちも、一方的な恋に狂って正気を失っているようだ。

(どうすれば丸く収まるか……ああ、もう、面倒なことばっかり増やしやがって!)

そう嘆いていたレオンは、ふと自分の顔に熱い視線が向けられていることに気づく。

「はふぅ……こうしてじっくり見ていると……レオン様のお顔、とても優しくて……見ているだけでも心が落ち着くようです。ふふ……将来、私たちが住む屋敷には、こんな風にレオン様を模した石像を並べておくのもいいですね。そうすれば、いつでもレオン様をお傍に感じられますし……」

正面に立つティニーは、頬を少し朱に染め、うっとりとした口調で石化したままのレオンを見つめ続けていた。

その瞳からはやはり光が消えていて、なんだか見つめていると言い知れぬ不安と恐怖が腹の底から沸きあがってくる。

（あんまり見つめられると照れる……というか、そろそろ、俺のほうの石化も解いてほしいんだけど……）

魔法が解ける気配はなく、レオンは声に出して頼むこともできずに困り果てる。

どれくらいそうして待っていただろう、うっとりと目を細めていたティニーが、ようやく片手をゆっくり石化したレオンのほうへ伸ばしてきた。

「久しぶりにこんな複雑な魔法を使ってしまったので、少し魔力の消耗が激しいです。解除の魔法……上手くできるかどうか……」

少し不安そうなティニーがそう呟いた直後、ちょうどレオンの下腹部辺りへ伸びてきていた彼女の手が淡い光を放つ。

そして――。

（……えっ？　これ、ど、どうなってる？）

なぜか股間部分だけに感覚が戻り、レオンは困惑してしまう。

少しうつむき加減で石化しているので辛うじて視界に入っていたその部分だけが、元通りに戻っていた。

「あっ……申し訳ありません、レオン様。やはり魔力不足で……解呪できたのが、ごく一部だけになってしまったようです」

そう少し声をうわずらせながら説明するティニーは、石化が解けたばかりのレオンの股間へそのまま両手を伸ばし、慣れた手つきでズボンのファスナーを下ろす。

(ちょ、ちょっと待ってくれ、ティニー⁉)

身体の大部分が石化したままのレオンには、心の中でそう叫ぶ以外なにもできない。

結局そのまま、だらんと垂れ下がった状態の屹立を取り出されてしまった。

「またレオン様の魔力、少しだけ分けていただきますね。……一番、効率のいい方法で。ふふ……ふふふふっ……」

桜色の唇をチロリと舌先で舐めあげたティニーは、右手で掴んだ屹立の根元から中程まで、ゆっくりと焦らすようにしごき始める。

追手から逃げるためにずっと走り通しだった影響か、彼女の手のひらはいつもよりも少し火照り、しっとりと汗ばんでいた。

そのおかげで竿肌に吸いつき、摩擦の刺激はかなり強烈なものになっている。

(これ……うぅっ、やば……くっ、うぅっ……)

おまけに石化している影響で、生身となった股間以外の場所は一切感覚がない。

その分、しごかれる肉槍の痺れだけがくっきりと浮かび上がるように感じられ、レオンは普段の何倍も早く高まっていくのを止められない。

「よかった……石化が解けたのがここだけでも、ちゃんと反応して大きく、硬く……いつものたくましいおちんちんになってくださいましたね。……魔力の源……いつか、私のお腹に可愛い赤ちゃんを授けてくださるお汁……んっ、もう薄く滲んできました」

クチュゥッ……クチィッ……ヌチュッ……チュッ……。

静かな展示室に、小さな水音が響き始める。

ティニーが親指でグリグリとほじるように刺激している肉棒の先端、鈴口からはいつの間にか透明のカウパー腺液が溢れ始め、それが竿肌を伝って根元まで垂れてきた。

前後へ息つく間もなく手のひらで怒張全体へ塗り伸ばされ、それが潤滑油代わりになって素早くしごかれていく。

(なんなんだ、この感じ。はぁはぁ、股間に意識集中しちゃって……いつもの何倍も感じやすく……くっ、やばっ……)

さっきまで刺客に襲われていたという危機的状況、しかもいつ職員が兵士を連れて戻ってくるかもわからないというのに、こんなことやっていていいはずがない。

だが、いまはティニーを説得するための声を出すこともできず、ただ艶めかしく響く水音とともに与えられる快感に耐えるだけだ。

「もっともっと、元気にふくらませてくださいね。石化の魔法もそれを解除する魔法も、魔力を膨大に消費するものなので……元気で、うんと濃いお汁……レオン様の赤ちゃんの素……私に与えてください」

ティニーはレオンの顔を真っ直ぐ見つめたまま、恍惚の瞳を潤ませて囁く。

摩擦で白く泡立ってきた先走り汁を手のひら全体にたっぷりと塗して、それを根元から亀頭まで丁寧にすり込んでいる。

時々指を立て、爪先で竿の裏すじをなぞるように刺激もしてきた。

幹竿が刺激に耐えられずに強く痙攣すると、新たに湧きあがってくるカウパー腺液を押し出すように鈴口をグイグイと圧迫してくる。

（ティニー……な、慣れすぎだ……こんなにされたら……）

彼女と一線を越えてから一ヶ月弱。

同じ未経験同士だったというのに、エルフの美姫は房中術でも学んでいたのかと思うくらい、巧みなやり方でレオンを高まらせてくれるようになってきていた。

こうして石になっていて股間以外の感覚がなく身動きも取れない状態だと、もう頭の中はこのまま彼女の手の中で果ててしまいたいということでいっぱいになってしまう。

「ふふふ、顔はまだ石のままで、気持ちよくなってくださっている表情を見られないのは残念ですけど……んっ、でも、おちんちんがずっとビクビクと震えていて……気持ちよく高まってくださっているの、感覚でわかります」

ティニーはそう呟きながらつま先立ちになり、レオンの耳元へ唇を寄せる。

「このままいつものようにドビュドビュ……ビュルビュル……とっても熱くて、真っ白な精液……私への愛情たっぷりおちんちんのお汁……赤ちゃんの素……手のひらいっぱいに出していただきたいです……ドビュッ、ドビュッ……ビューッ、ビューッ……と」

快楽に塗り潰されていた頭の中に、ティニーの射精を促す甘い囁き声が響く。

感覚がないはずの背すじがジンと痺れるほど異様な興奮が全身を駆け抜け、本当にすぐ出てしまいそうになる。

だが、それはまだ許さないと言わんばかりに、さっきまでかなり激しく竿をしごいていた右手の動きが緩やかになってきた。

「でも、レオン様はいつも私が驚いてしまうくらい、元気よくたくさん射精してくださいますから。手のひらでは受け止めきれずに、こぼしてしまいそうです。せっかくレオン様が私のために出してくださるお汁……一滴も無駄にしたくありませんし……直接飲めるように、こうしたほうがよろしいですね」

耳元でそこまで囁いた後、ティニーはおもむろに屈み込んだ。

膝まで捲れあがった制服のスカートの裾から、白いショーツがチラチラと見えてしまうのも厭わず、そのままちょうど目前にある幹竿の先端へ唇を近づける。

「んっ、はぁ、あはぁ……クンクン……スンスン……はぅっ……あぁ、レオン様の濃いにおい……嗅いでいるだけで、頭の中が真っ白になってしまいそうです。はぁはぁ、もっと……クンクン、クンクン……」

まるで玩具にじゃれつく子犬のように、銀髪のエルフ姫は鼻を鳴らし、カウパー腺液塗れの亀頭のにおいを嗅ぎ続ける。

(ティニー、ちょっと待ってくれ。風呂も入ってないし、汚れてるから!)

朝からあちらこちら歩き回り、さっきまで全力で走っていた。

自分でもわかるくらい汗ばんで蒸れている股間を愛しい美姫に嗅がれるのは、申し訳なさと羞恥、そして言い知れぬ興奮をレオンに与えてくれた。

レオンのそんな心の中の叫びなど一切気にせず、ティニーは目を細めたままむせかえるような雄臭を堪能し、我慢できないと言わんばかりに鈴口へ亀頭を押しつけてくる。

「んっ、ちゅっ、はぁ……んっちゅっ、はふっ、あんんん！　これ……はぁはぁ、しょっぱくて生臭い、おちんちんのにおい……味……レオン様の味……はふっ、はぁ、んんっ、ああああっ……いいっ、んっちゅっ、じゅるっ、ちゅっ、ちゅっ、ちゅぅう！」

いきり立つ肉棒の先端への、情熱的なキス。

最初の一回に合わせて大きく背すじをくねらせたティニーは、それでタガが外れたように、赤黒くパンパンに張り詰めた先端のあちらこちらへ呼吸すら忘れたような激しさで口づけの雨を落としてくる。

さっきまで彼女自身の手で執拗に塗り込まれていた先走り汁はあっという間に唾液とすり替えられ、新しく鈴口から漏れてきているものも吸われていく。

（激しすぎる……こんな、もう、す、すぐ……っ！）

手でしごかれるだけでも十分すぎるほど高まっていたレオンは、亀頭全体が甘く蕩けていくようなキスの快感に、遠のく意識を止められなくなる。

だが、それでもティニーの動きが鈍ることはなかった。

「はぁはぁ、んちゅっ、もっと……もっといっぱい出してくださいね。んっちゅっ、魔力の補給……いいえ、それよりもぉ……私の身体中、レオン様のものだというマーキング、していただきたいんですっ、んっちゅっ、ちゅぱ、んっぐっ！」

ティニーはキスの雨の合間にそんな本音を吐露しつつ、開いている左手を竿の根元に垂れ下がっている陰嚢（いんのう）へ伸ばしてきた。

持ちあげるように手のひらで包み込み、中の睾丸を片方ずつ慈しむように優しく転がして刺激してくる。

（ひっ、くうう！　そ、そこは……うあっ！）

男にとって一番の急所。軽くさすられるだけでも、竿の根元辺りがキュッと締めつけられるような強い刺激が走る。

だが、痛いというわけではなく、ゾクゾクと絶え間なく震えるような不思議な快感が少しずつ高まってきた。

「んちゅっ、はぁ、ここでたくさん……たーくさん作ってくださっているお汁、もっとください……じゅるるっ、ちゅぱっ、ちゅっ、はぁ、いっぱい……んちゅっ、全部、絞り出してしまっていいですよね。私はレオン様の婚約者……お嫁さんですし、おちんちんのお汁、ちゅううっ、はぁ、ちゅぱちゅぱっ、赤ちゃんの素、全部全部私のもの……私だけのもの……ですっ、んっぐっ、じゅるるっ、ちゅぱちゅぱっ、んっちゅううっ！」

手のひらで陰嚢を揉み解すように刺激し続けていたティニーは、もう我慢の限界と言わんばかりに口をいっぱいに広げ、屹立を喉奥まで咥え込んでしまう。

唾液や先走り汁でコーティングされ、妖しく照っている桜色の唇。

それで竿の中程くらいを締めつけるように咥え、亀頭を軽く触れている喉奥の粘膜へこすりつけるように首を左右へ振る。

「じゅぞおおおっ、んっちゅぅっ、じゅるるっ、ちゅっ、んっちゅっ、じゅぱじゅぱっ、んっぐっ、おぅっ、んっちゅううう！　ちゅっ、はぁはぁ、レオン様のにおい、味、お口いっぱい……んちゅっ、身体の中まで、レオン様に染められてっ、私っ、私っ、んひ、ひぅっ、んっちゅううっ、じゅぞおおっ、ちゅぱちゅぱっ、ちゅうっ！」

もっともっと口内深くまで肉棒を咥え込もうと、鼻の下が伸びてだらしない表情になってしまうくらい、夢中で吸いついてくる。

清楚可憐、美しいエルフの姫君がそんな下品な顔で自分を求めて奉仕してくれている姿に、レオンはなにも考えられないくらい高まっていく。

（もう、無理だ、こんな……すぐっ、もうすぐ……でっ、出る……）

本来なら全身を震わせ、大声で喘ぎ叫んで快感を訴えたい。

だが、石化していてそれも叶わず、その分、集約された快感が肉棒の根元に集まってきていて、いまにも爆発しそうだ。

「じゅぱじゅぱっ、んっちゅうっ、はぁはぁ、らひてぇ……んごっ、じゅるっ、ちゅっ、精液……んっちゅっ、レオン様のっ、赤ちゃんの素っ、はひっ、私のお口……身体の中までマーキングっ、んっごっ、じゅぱじゅぱっ、じゅぞおおおおおお！」

左手で陰嚢を掴み揉み、右手で竿の根元を激しくしごく。

まるでひょっとこのように唇を伸ばした淫らな顔で肉竿を吸いしゃぶるティニーに、レオンは為す術もなく絶頂へ追いやられていく。

――ドッビュウウウウッ、ビュブルウウウウッ、ビュビュビュッ、ビュウウウ！

「んっぐっ、んぶっ、んっちゅっ、んんん！　んっぐんぐっ、じゅるっ、ちゅっ、はぁむううっ、んっぐんぐっ、じゅぱじゅぱっ、ちゅっ、んちゅうっ！　はぁ、出た……んっ、精液……レオン様のっ、お汁……んぐんっぐっ、んっちゅうっ！」

盛大に迸る白濁を、ティニーは喉奥へ亀頭をこすりつけたまま、何度もむせつつ必死に受け止めていく。

うっとりと潤んだ瞳を細め、噴火のような勢いで溢れる白濁を、ゴクゴクと喉が鳴る音を響かせながら飲み干す。

そのたびに背すじを大きく震わせているのは、軽い絶頂に昇り詰めているのか。

頬が赤々と火照り、彼女の狂おしい昂ぶりは、見ているだけでも伝わってきた。

「はむっ、じゅるるっ、はぁ、まだ……おひりゅっ……んぅ、残ってまふっ、んちゅっ、ちゅぱちゅぱっ、はぁはぁ、んぅ……あは……息も全部、レオン様のにおいに染められて……私……はふぅ、とても幸せ……ちゅぱちゅぱっ、ちゅっ、ちゅぅ……」

もう魔力補給という本来の目的も忘れたように、名残惜しげに屹立を舐めしゃぶりつつ余韻に浸る。そんなエルフの美姫を、レオンは石化したまま見つめるしかない。

（ティニー……俺……は……）

その一途な深すぎる想いに押し潰されてしまいそうだが、彼女にそこまで愛されているということに禁忌の悦びを感じてしまっているのも事実だ。

「んちゅっ、はぁ、まだ……熱いです、おちんちん。このまま、ちゅっ、ちゅぅ」

ティニーは名残惜しげに怒張を咥えたまま、まるで飴を舐めるように舌をねっとりと絡ませてくる。

裏すじから雁首の裏、余すところなく舐めあげられて、射精の余韻が鎮まる間もなく再び高まってきてしまいそうになる――が。

「んっ……いけませんね。そろそろ……邪魔が入ってしまいそうです」

ティニーが少し残念そうに眉をひそめ、ようやく屹立から口を離す。

それとほとんど同時に、遠くのほうから大勢の足音が聞こえてきた。

（……衛兵、きてくれたのか）

レオンは少し惜しいような、ホッとしたような不思議な気持ちになる。

「レオン様、少しお待ちくださいね。魔力は補給できましたので、今度こそちゃんと石化を解除できるはずですから……」

そう微笑み、口元についた白濁の残滓を張り付いていた陰毛ごと気にせずに舐め取ったエルフの美姫が、また魔法を使うために手を伸ばしてくる。

レオンは普段の彼女からは想像もつかない淫らで美しいその姿から目を離せず、石化が解けてもしばらくは身動きすることなく見つめ続けてしまった――。


「さて……どうしたものかな」

夜遅く。レオンは屋敷の自室で机に向かい、ひとり呟く。

無事に石化を解いてもらった直後、かけつけた衛兵たちや博物館の研究員たちへ事情をぼかしながら説明し、口止めを終えて無事に帰宅できた。

だが、今日の事件はさすがに衝撃が大きいもので、どんな風に扱うべきか、なかなか結論を出せずにいる。

(父上に相談する……でも、そうなると家同士の争いに発展しかねない。……陛下に報告すると、謹慎中の息子の管理不行き届きだってハリソン侯爵に責めが及ぶ可能性が高いしなあ……元帥のハリソン侯爵が失脚して、国内が荒れたらまずい……)

なかなかすべて丸く収められそうな案を思いつかず、思わず天を仰ぐ。

「そもそもシャーロット嬢は、こんな騒動望んでなさそうだったじゃないか。あいつら、彼女が好きなら、彼女の言葉にしっかり耳を傾けろ！」

思わず、そんな正論を愚痴ってしまう。

惚れているとはいえ、平民であるシャーロットの言葉を聞くという考えが、根っからの貴族であるロベルト王子たちにはないのかも知れない。

「エルフたちとの同盟が台無しになったら、国が荒れるどころじゃ済まないんだぞ」

『終末の魔王』の件を話せないだけに、レオンだけが味わっている危機感をはっきり伝える方法がないのがもどかしくて仕方がない。

（ティニーのことも気になるよな。俺に依存……してるというか……）

屋敷の中で求められることはともかく、今日のように追手からようやく逃げ延びた直後にもあんな風に迫られたのは、いまから考えると衝撃的だ。

『絶望的な状況から、救ってくれた』

ティニーがそう思ってくれているのは嬉しいが、それ故にちょっと気持ちがふくらみすぎている感じがする。

（『終末の魔王』として覚醒しかねない資質……ってことなのかな？）

ティニーとも、一度しっかり話をする必要がありそうだ。

そんなことを考えていた刹那——部屋の扉がノックされた。

「失礼します、レオン様……少し、よろしいですか？」

「んっ？　ああ、ティニー、どうぞ」

ちょうど話をしようと思っていたエルフの美姫がやってきてくれたので、レオンはちょうどいいと部屋へ迎え入れる。

「……レオン様、夜分に申し訳ありません」

「いや、いいよ。俺も少し話が……んっ……と！」

そうレオンが話を切り出そうとした刹那、部屋へ入ってきたエルフの美姫は小走りで近づいてきて、いきなり胸へ飛び込んできた。

「あの、ティニー……？」

「申し訳ありません。……今日のことを改めて振り返っていたら、いまさらですけど怖くなってしまって。……んっ、はふっ……こうしてレオン様の温もりを傍に感じられたら、少し気持ちが落ち着くかと……んっ……」

レオンに正面からしっかりと抱きつくティニーは、まだ私服にも着替えておらず、制服姿のままだ。

部屋でひとりずっと、今日のことを振り返って怯えていたのかも知れない。

「ティニー……もう大丈夫だから、落ち着いて」

「でも……私だけならともかく、レオン様まで危険な目に遭わせてしまって……」

鼻先が触れ合う距離まで顔を近づけてきているティニーは、エメラルドの瞳を悲しげに伏せ、肩を震わせる。

自身の身の安全より、レオンに迷惑をかけていることを気にしているらしい。

すぐに察したレオンは、彼女を安心させるように優しく抱き締め返した。

「俺はティニーの婚約者だから。婚約者を全力で守るのは、当然のことだろう？」

「そ、それは……はい。ですが……」

「もうこんなことが起きないように、俺も改めて根回しを頑張るからさ。だから、そんなに怯えないで……俺を信じて、安心し……んぷっ！」

震えるエルフの美姫へ、そう静かに語りかけていたレオンだったが、最後の言葉を言い終えるよりも早く、唇を塞がれてしまう。

「んっちゅっ、はぁ、レオン様……んちゅっ、はぁ、どうして、そんなにお優しくて、嬉しくなるお言葉ばかり……んちゅっ、私、もう、我慢できなく……んっちゅっ！」

しっかり唇を重ねてきたティニーは、感極まる思いを伝えたいと言わんばかりに、すぐさま舌を口内へ挿し入れてくる。

「ちゅっ、んん！　ティニー、す、少し落ち着いて……んちゅっ、はぁ、すぐ、こういうこと……はっ、んっぐっ、じゅるるっ、ちゅっ、んちゅっ！」

こういう暴走しがちなところについて、少し話をしなければいけない。

さっきそう考えていたレオンがなんとか身体を離そうとするが、情熱的に絡められる舌の熱く甘い味わいに、すぐ全身が脱力してしまう。

求められるまま、自分も舌を熱心に動かし、薄暗い室内にピチャピチャと唾液を分かち合う音を響かせながら、長いキスを続ける。

「んっちゅっ、ちゅっ、はぁ、レオン様……んちゅっ、はぁ、私の……私だけの、愛しいレオン様……じゅるるっ、ちゅっ、んっちゅっ、れろぉ……ちゅっ、ちゅっ……」

「はぁ、はぁ、んくっ、ちゅっ、ちゅぱ……ちゅっ、ティニー……んっ……」

口内があっという間にティニーの甘い薔薇のような香りに染められ、目を開けているのが難しいくらい、うっとりと酔いしれてしまう。

正面から抱き合ったまま、どれくらいの時間が過ぎただろうか。

膝が震え、崩れ落ちてしまいそうになってきたタイミングで、すっかり情熱的になったエルフの美姫は、息継ぎのためにようやく唇を離してくれた。

それでも名残惜しさを訴えるように、ふたりの唇は透明の唾液の糸で繋がっている。

「んっ、はぁ……はふ……少し、落ち着きました……レオン様の温もり、においい、感触、声……私、レオン様を感じていないと、すぐおかしくなってしまいそう……」

「あはは……そ、その……気持ちは嬉しいけど……でも、やっぱり節度は守っておかないといけないと思う。ほら、今日みたいに外でとかは……」

キスの余韻でまだ鼓動の高鳴りを感じながら、それでもレオンはいまを逃したらまた言えなくなってしまうだろうと、できるだけ温和な口調でティニーをたしなめる。

だが、そう言った途端、エルフの美姫は血色のいい桜色の頬を強張らせた。

「え……私……レオン様にご迷惑……おかけしていましたか？」

「あっ……い、いや、そんなに大げさに落ち込むほどじゃないよ！　ただ、ほら、お互いに立場もあるし、それを考えると、その……」

少し言い過ぎたかも知れないと、レオンは慌てて首を横に振って弁明する。

「いや、俺も嬉しいんだけど……その、嬉しくて、したくても、でも我慢しなきゃいけないこともあるというか、その……えっと……」

「……はい、それはわかります。……私も、本当なら一日中ずっと……寝るときも食事のときも、お風呂も……できればトイレのときも。いつでもレオン様の温もりを感じられる距離にいたいです。でも、ご迷惑になることもありますし、我慢しなければいけないと自分を戒めています。……できるだけ……無理をして……」

「う、うん……さすがにトイレとかは困るかな……お風呂も、いまはまだ……」

想像していたよりもずっと思い詰めた重い愛情を訴えるティニーに、レオンは少し圧倒されながらも答える。

(俺、愛されすぎだろ……いや、でも……ちょっと嬉しい……かも?)

脳裏をそんな考えが一瞬過ぎった直後、少し反省したようにうなだれていたエルフの美姫が、一瞬、口元に笑みを浮かべた。

レオンがそれに気づく間もなく、ティニーはゆっくりと身体を離すと、すぐ近くにあるベッドへ上がってしまう。

「ティニー……?　……って、え……」

どうしたのだろうかと、レオンが問いかけようとした刹那、ティニーはレオンのほうへお尻を向けるような位置で四つん這いになった。

そのまま自らの手で制服のスカートを摘まみ、ゆっくり焦らすように引き上げていく。

「……レオン様を困らせてしまった私に……どうか、お仕置きしてくださいませんか」

エルフの美姫はそう言い終えると同時に、スカートを腰辺りまで捲ってしまう。

あらわになった尻房は、そこを包み隠しているはずのショーツがなく、白い肌が惜しげもなくさらけ出された状態だ。

軽く腰を持ち上げられると割れ目が広がり、透明の蜜汁でしっとり濡れた淫裂まではっきり見えてしまう。

「あのっ、いや、お仕置きって！　あの、そ、そういうことは……」

「いまは、レオン様と私だけですし……メイドの方々には、私が少しレオン様とお話をすると言っておきました。……朝まで、ふたりだけ……ですよ」

四つん這いのまま肩越しに振り返るエルフの美姫は、そう恍惚の笑みを浮かべる。

レオンは改めてたしなめなければいけないとわかっているが、その言葉が喉の奥につっかえて出てこなくなるほど、目前の光景は扇情的だ。

「わがままばかりの私に、婚約者であるレオン様が一度、しっかりお仕置きしてくださいませんか？　痕が刻まれるほど、強く……んっ……それくらいしていただかないと、私、また場所も弁えずにレオン様へご迷惑をかけてしまいそうです……」

そう繰り返しレオンへ訴えるエルフ姫の口調は申し訳なさそうだが、悩ましく円を描くように動く尻房は、露骨に誘ってきている。

すでに昂ぶり発情しているのだろう、ふとももを伝って垂れる愛液がシーツに落ち、そこから独特の甘酸っぱい香りが漂う。

さらには片手で制服の胸元をはだけさせ、双乳もこぼれさせていた。

ヒップの動きに合わせて形よいふくらみも柔らかく揺れ、レオンを誘う。

「お、お仕置き……痕が刻まれるくらいに……？　それって……その……」

この美しい姫君に、ここまではっきりと『お仕置き』をねだられる。

レオンは少し躊躇いはあるものの、沸きあがる興奮と好奇心を止められない。

「はい……んっ、お尻……お願いします。はぁはぁ……んっ、あぁ……」

改めて問いかけると、ティニーは早くも喘ぎ交じりの甘い声で答えてきた。

「それは……くっ……うぅ……」

まだ頭の片隅には、こういう過激なこともたしなめなければいけないという理性が残っているが、もうそれだけではゆっくり振り上げた手を止められない。

「……それじゃ……いくよ！」

そう震えて少しかすれた声で告げるや否や、レオンは差し出されたヒップへ少し加減しつつも平手を振り下ろした。

――パチンッ！

「はひっ、んんん！　あっ、くううっ！」

乾いた音が部屋に響き、直後、それよりもはるかに大きなエルフ姫の甘声が上がる。

打たれた尻房の右側に少し赤い腫れ痕が残り、それが白肌になんとも言えない妖艶な彩りとなっていた。

「だ、大丈夫……そうだね」

「はい。んふっ、はぁ、あは……お仕置きなのに、こんなに淫らで恥ずかしい声を上げてしまうなんて……んっ、はぁはぁ、婚約者のレオン様に、もっともっと強く、激しく、たくさんお仕置きしてもらわないといけません……はぁはぁ……」

ティニーはまるで散歩直後の犬のように軽く舌を出し、荒い吐息をこぼしながら改めてレオンのほうを振り返り見る。

その蕩けた暗い瞳に見据えられると、背中がゾクゾクと震える言い知れぬ昂ぶりがさらにふくらんできて、レオンは夢中で何度も平手でヒップを打ち付けていく。

パチンッ、バチンッ、バチィインッ！

「ひぅっ、くうっ、はぁ、はひっ、んぅっ、あぁ！　あぁ、私っ、レオン様に躾けられて……証、刻まれて……はぁはぁ、ひぅっ、んふうううっ！」

ティニーが大きく腰を盛り上げて、まるで『食べてください』と言わんばかりに差し出してきている尻肌へ、レオンの手形がいくつも刻まれていく。

そのたびにエルフ姫のわずかな苦痛とそれをはるかに凌駕する悦楽の混ざった嬌声が室

内に響き渡り、大きく背すじが震えた。

谷間から覗き見える蜜裂も濡れ綻び、穴口が小さくヒクついてさらなる刺激を求めているのが、ひと目でよくわかる。

大量の蜜液の甘美な香りが、レオンの視線をそこへ釘付けにする。

「ティニー、どうしてお仕置きでこんなに濡れて……ダメだよ」

「んっ、はぁ、はいっ、私、いけない……お仕置きでもっ、レオン様に構ってもらえると嬉しくてすぐに発情してしまう、ダメな婚約者ですっ、んふっ、そこ……はふっ、私の恥ずかしいところぉ……おま○こ……いずれレオン様の赤ちゃんを孕むおま○こも、お仕置き……エッチなお仕置き、してください。はぁはぁ……博物館では、私がレオン様のおちんちんにエッチな悪戯してしまいましたからぁ……今度はレオン様が、私のおま○こに恥ずかしいお仕置き、気持ちいいお仕置き、お願いしますぅっ！」

うわずる声で問いかけるレオンへ、ティニーはもう興奮を抑えるのも限界だと言わんばかりの狂おしい声で求めてきた。

赤い平手の痕で飾られたヒップもレオンの腰へ押しつけられ、溢れる愛液のせいでちょうどズボンの股間辺りに染みができてしまう。

布地越しに屹立まで伝わってきたそのねっとりとした熱い感触に、レオンも細かく考える余裕もなくなってしまった。

「わかった……ティニーにいっぱいお仕置き……するから！」

この一ヶ月、幾度も求められるまま味わい、その夢心地のような気持ちよさを思い知らされている、彼女の蜜壺。

誘惑に抗うことなどできるはずもなく、レオンはすでに彼女の昂ぶりに呼応して限界まで勃起していた怒張を取り出すと、そこへ突き入れていった。

ズッチュウウウウッ、ズップゥッ、ズブブブブッ！

「ふぁああっ、あぁっ、はひっ、い、一気に……深く……んんぅっ、あぁっ、そう、お仕置きですからぁ、いきなり奥っ、子宮まで届いてしまうくらい、激しいお仕置き……はひいいっ、いっ、んはぁっ、はぁはぁ、あひぃっ！」

先端が膣奥の行き止まりに衝突した途端、ティニーは大きく背すじを仰け反らせて歓喜の叫びを上げた。

同時に膣壁が一気に収縮し、入り込んだばかりの肉棒を歓迎するかのようにねっとりと熱く絡みついてくる。

「くっ、中、もう蕩けてるっ……これ……気持ちよくて……ううっ」

「はぁはぁ、はいっ、お仕置きで感じているっ、んふっ、はぁ、悪い婚約者にもっとお仕置き、お願いします！　もっともっと……はふっ、くふぁあっ!!」

いきなり屹立全体が蕩けるような快感に包まれて呻くレオンへ、ティニーは息絶え絶えの狂おしい甘声で訴えてきた。

その合間にも膣壁は大きくうねり、幹竿をこね回すように刺激してくる。

表面の皺も一本ずつ活発に蠢き、愛液塗れになった竿肌がくすぐられるような刺激も、思わず目を瞑って浸りたくなるほど心地よい。

「はぁはぁ、これ、もうお仕置きになってない……ティニー、本気で反省しないと、こんなにエッチになってたら……くっ、ダメ……はぁはぁ、くううっ！」

レオンは言葉だけはどうにかお仕置きという体裁を保ちつつ、また右手を振り上げて尻肌を打ち、同時に腰にも力を込め、窮屈に狭まる膣壺を突き解していった。

パチンッ、バチィンッ！　ズチュウッ、ズブズブッ、ヌッチュヌッポォッ!!

「くぅっ、ひぃっ、はぁはぁ、はぅっ、んん！　はっ、はいっ、反省、反省しますっ、くふぁああっ、はぁ、あんんっ！　レオン様が愛しすぎてぇ、我慢できないっ……甘え過ぎてしまっていることっ、はぁっ、はぅっ、んふぁああっ！　でもっ、はひっ、レオン様もいけないいんですっ。私に優しくて……頼りがいがあってぇ……あんんんっ!!」

硬く張った剛直が肉壁を抉りこするように奥から入り口まで余すところなくこするたび

に、ティニーはそんなレオンへの甘い想いを叫ぶ。

媚びるように尻房も大きく左右へ振られ、その動きに誘われるまま、振り下ろすスパンキングも勢いづく。

バチンッ、バッチィイイインッ　バチンバチンッ！

「んひぃっ、いいいいいいっ！　あぁ、すごぉっ、はぁ、はひっ、おひりぃっ、おぉっ、おひりぃっ、いっぱい……レオン様の痕、刻まれて……あはっ、レオン様のものになっていく感じ、凄く幸せ……幸せれすぅっ、はぁはぁ、ひふぁっ、あああっ！」

「大丈夫？　痛みとか……くっ、うぅっ……」

ティニーは打たれるたびに大げさなくらい悦び喘ぐが、打ち叩くレオンの手のひらのほうがすでにジンと痺れてきていた。

肌も赤々とした痕がいくつも刻まれ、さすがにそろそろ心配になってきているが、エルフ姫のお仕置きをねだる卑猥な腰使いは止まらない。

「大丈夫ですっ、んふぅっ、はぁ、レオン様に与えてもらえている痛みだと想うと、それだけで……おっほぉっ、おおっ、もうっ、恥ずかしい声、出て……中……おま○この中も熱くなって……ひふぁああっ、はぁ、らめぇ、もうっ、あひぃっ、いいいい！」

ティニーの熱く悶える声に合わせ、膣壁も射精をせがむように大きく波打ち始めた。

出入りする幹竿がゴリゴリと音が聞こえそうな強さでしごかれ、行き止まりの子宮口も吐き出される子種を逃さないと言わんばかりに吸いついてくる。

突き上げに合わせて、零れ落ちた双乳も大胆に揺れ動く。

いつまでも見ていたくなるほど魅力的な、お仕置きで悶え高まる美姫の姿。

レオンはもうなにも考えることができないくらい頭の中が真っ白になり、腰まで痺れる強烈な快感に促されるまま昇り詰めていく。

「出るっ、はぁはぁ、お仕置き……これで最後……くううっ、ティニー……本当に、反省……しないとダメだからっ、くっ、はぁ、ああ、出るっ、出るぅっ！」

レオンは最後までお仕置きらしいことを叫びつつ、ひときわ力強く平手を振り下ろし、腰を思い切り突き出していった。

バチィイイインッ！　ズッチュウウウウウウウウウッ！　ズブブッ!!

「あっひいいいっ、いっ、はんんんっ！　しゅごぉっ、おっほぉっ、おま○こまで響いてきてぇ、中、熱いのぉっ、いいっ、はひっ、イク……わらひぃっ、はぁ、反省してイクぅ……イッちゃいまふっ、んっふぅっ、おっ、おっほぉっ、おおおお!!」

ドッビュウウウウウウッ、ビュブリュウウッ、ビュビュビュッ！

下品なほど盛大に乱れたティニーの嬌声に合わせて、レオンも下腹部が吹き飛びそうな

ほどの快感を噛みしめつつ、思い切り吐精を始める。

　左手でティニーの細い腰をしっかりと掴んだまま、密着する子宮へ溢れる熱液をすべて注ぎこむように放っていく。

「くはぁ、はぅっ、んんん！　あぁ……熱い……お汁ぅ……レオン様のおちんちんのお汁で……私の子宮にぃ、しっかりとマーキングしていただけてますぅ……はふぅ……」

　ティニーは膣奥を亀頭へこすりつけるように腰を左右へくねらせつつ、長々と続く吐精を思う存分味わっているようだ。

　その姿は、とてもお仕置きを受けた直後とは思えない。

（完全に、ティニーの手のひらで転がされてるような……はは……まあ……いいや）

　もうそのことについて考える余裕もないくらい、疲労が著しい。

　いろいろと起こった一日の締めに、これだけ激しく交わったのだ。

　耐えがたい快感の余韻と気だるさに、レオンはまだヒクヒクと余韻に震えている膣内からペニスを抜く間も惜しみ、ぐったりとベッドへ転がってしまう。

「ふぅ……さすがに……ちょっと、限界……かな……はは……」

「はい……んっ、お疲れのところ……ありがとうございます、レオン様。ふふっ、おかげで……私も勇気が湧いてきました。……私とレオン様の生活を守るために……どんなことでも成し遂げてみせるという……勇気……」

疲れて早くも意識朦朧となってきたレオンの耳に、ティニーのそんな恍惚とした声が飛び込んでくる。

（……俺との生活を守るって……どういう……風に……）

それを問いかけようと思うが、声も出せないくらい睡魔が強烈になってきた。

我慢できずに目を閉じると、一気に意識が闇に沈んでいく。

「……レオン様は、ゆっくりお休みくださいね。……いままではレオン様に守っていただきましたから……ここからは、私の番。私が真に愛すべき『人』……レオン様をお守りするためなら、私は……ふふふっ、ふふふふふっ……あは……ははは……」

そんなティニーの低い笑い声を聞いたような、聞かなかったような。

気づいたときには、レオンはもう深い眠りに落ちていた。

——騎士たちを使い、レオンとティニーの襲撃を指示した主犯と思われる、ハリソン侯爵家の子息、ワイアット。

彼が消息不明になったという知らせが飛び込んできたのは、その翌日のことだった。

三章　猛る愛情

長い休暇が終わり、王立フレイヤ学園の新学期が始まった。

「ティニー様、戻ってこられたんですね！」

「大丈夫でしたか？　いろいろと大変だったそうで……」

「ご心配をおかけして、ごめんなさい。でも、私は大丈夫です。レオン様が、全部綺麗に解決してくださったので」

教室に入るなり、心配していたクラスメイトたちに囲まれたティニーは、穏やかな笑顔で応えている。

あんな騒動があっただけに、休暇明け、こうしてティニーが戻ってこられるのかどうかみんな心配していたのだろう。

彼女が元気を取り戻している様子を見て、みんな笑顔を浮かべている。

その中、ただひとり――少し離れた自分の席からそれを眺めているレオンだけが、どことなく浮かない表情をしていた。

（頑張って、ティニーがまた学園へ通えるようにできたのはよかったな）

あんな騒動があっただけに、学園側としては当事者であるティニーが引き続き通学することに、最初は難色を示していた。

できれば自主的に通学を控えてくれれば……そんな事なかれ主義の態度だった学園側の人間と、レオンは休暇中に粘り強く交渉し続けていた。

彼女が学園で多くの生徒たちと友好的な関係を築いていたのを知っていただけに、こんなことでそれが台無しになってしまうのは可哀想だという想い。

そしてそんな同世代との友情も、彼女の中に眠る『終末の魔王』を封印し続けるために有効なのではないかという打算もあった。

(ティニーも楽しそうだし頑張った甲斐はあったな。まあ、それはいいんだけど……)

レオンはまだ誰もいない教室の隅――ロベルト王子の席を見つめる。

(できれば、クラス替えもしてほしかったんだけどな)

婚約破棄騒動を起こした当事者と、せめて顔を合わせる機会をできるだけ減らしてあげたかったのだが、そこまではできなかった。

伝え聞く話によると、王子が相当強く拒絶したらしい。

(まあ、シャーロット嬢もこのクラスだから、それに固執したんだろう。彼女ごと、まとめてクラスを変えるという方法もあっただろうけど……うーん)

そのことも気がかりだが、不幸中の幸いというか、新学期が始まってもまだロベルト王子の謹慎は解けていない。直接顔を合わせる機会は、しばらく訪れないだろう。

だが、もうひとつ、さらに大きな問題がある。

（まだ、見つかったっていう知らせは入っていないけど、どうなったか……）

レオンが憂鬱な表情でため息をついた、ちょうどそのときだ。

乱暴な勢いで教室の扉が開かれ――眼鏡をつけた、細身で凜々しい美形の男、王子の取り巻きのひとり、外務大臣ランドルフ侯爵の子息、ルーカスが厳しい表情で入ってくるや否や、レオンのほうへ詰め寄ってきた。

「レオン……君は……いや、君たちは、ワイアットになにをしたんだ！」

詰め寄ってきたルーカスが、怒りをあらわに叫ぶ。

その怒声に教室の空気は一瞬で冷え、何事かと戸惑い怯えたクラスメイトたちの視線が集まってきた。

レオンはそれでも取り乱すことなく、できるだけ気持ちを落ち着けるように深く息をしてから、重々しく口を開く。

「ルーカス、落ち着いてくださいよ。そのことは極秘だと言われているでしょう？　それに君自身もまだ謹慎中のはずなのに、どうして学園へ……」

できるだけ冷静に話をしようと、公式の場と同じように敬語を使って問いかけるが、激昂しているルーカスには通じない。

「ここへくれば、君や……それにあの忌まわしいエルフの姫と話ができると思ったからに決まっているだろう！　ワイアットを誘拐したのは……どう考えても君たち以外に犯人は考えられない!!　一体、どこへ監禁しているんだ！」

「ルーカスっ、だからそのことは公にしてはいけないって……ああ、もうっ！」

『誘拐』というはっきりとした単語に、教室にいたクラスメイトたちはさすがに動揺したのかざわめき始める。

「ワイアット様が……誘拐？　どういうこと」

「まだいらしていないけど、謹慎中ではなくて……行方知れずになっている？」

小声で聞こえてくるそんな周囲の声に、レオンは人差し指を唇に当て、口には出さないようにそれとなくクラスのみんなへ注意する。

(侯爵家の子息が、なんの前触れもなくいきなり行方不明になっている。……そんな話が広く知れ渡ったら、大騒動になるからな)

レオンを悩ませている問題というのが、このワイアット失踪事件のことだ。

しかも彼が姿を消したのは、レオンたちがワイアットの指示でやってきたと思われる、あの覆面の男たちに襲われた日の深夜らしい。

あれからすでに十日以上も経っているが、ワイアット侯爵家を中心とした連日の大捜索も成果はなく、手がかりひとつ見つけられていない状態だ。

「レオン、少し考えればわかるだろう。屋敷の自室にいたはずのワイアットが、まるで煙のように姿を消してしまって手がかりも見つけられないなんて、明らかに異常だ。こんなことができるのは、人智を超えた魔法を使えるエルフくらいだ！」

「別にそうとは限らないと思いますが……」

「そうに決まっている！　シャーロット嬢を冷酷に排除しようとした、あの恐ろしい女以外に、こんなことをしでかす危険人物がこの国にいるはずがない!!」

友人が行方不明になっているということで、普段は知的なルーカスも、相当頭に血が上っているようだ。

レオンの襟首（えりくび）を掴み、強引にでも白状させようと言わんばかりに詰め寄ってきた。

——その直後。

「ルーカス様、そこまでになさってください」

冷たい、聞くだけで腹の底から震えがあがるような淡々とした声とともに、レオンとルーカスの間を一陣の強い風が吹き抜けた。

細身のルーカスはそれに吹き飛ばされてレオンから手を離し、踏みとどまることもできずに尻餅をついてしまう。

そして彼が体勢を整える間もなく、声の主であり、風の魔法を放った張本人である銀髪のエルフ姫がその前に立ちはだかった。

「学期末のパーティという大勢が集まる場で、事実無根の噂話だけを根拠に私の名誉を貶めた……それだけではなく、今度はそんな私に手を差し伸べ、救ってくださった方……私の大切な、誰よりも大切なレオン様にまで危害を加えようというのですか、あなたは」

へたり込んだままのルーカスを、光の消えた暗い色合いの瞳で見下ろすティニーは、周囲の誰もが息を呑んで凍り付いてしまうほどの、凄まじい殺気を放っている。

声の調子は淡々とした抑揚のないもので感情が見えないが、それが逆に底知れぬ怒りを感じさせ、周囲にいる誰もが背すじを震わせてしまっていた。

それは、彼女に庇われる形となったレオンも同じだ。

「うっ……ティニー姫、あ、あなたは……」

「ルーカス様、私は……」

怯えて顔を青ざめさせているルーカスへ、ティニーがゆっくり右手を向ける。

その直後、さすがにこれ以上は見過ごせないと、レオンが動き出した。

「ちょ、ちょっと待った！　落ち着いてくれ、ティニーっ」

そう呼びかけながら肩を叩き、こちらを振り向かせる。

「レオン様、ですが……」

「ルーカスも、古くからの学友が行方不明になっていて、動揺しているんだ。だから、少しやり過ぎただけで……俺は大丈夫だから、ティニーも落ち着いてくれ」

まだ冷たい表情のままのエルフ姫へ、レオンはそう必死に訴える。

同時にルーカスへ目配せで合図し、この場から去るように促していた。

「くっ……今日のところはこれで失礼する。だが……！」

まだなにか言いたげだったルーカスも、いまのティニーのプレッシャーには勝てなかったらしく、そんな捨て台詞めいた言葉を残して逃げるように教室を飛び出していく。

ティニーも多少は落ち着いたらしく、冷たい目差しでその背中を見送る。

「私だけならまだしも、レオン様にまで害をなそうとするなんて……本当に、どこまでも愚かで……害悪な存在。……レオン様を傷つけるものは……ふふっ……」

「あの、ティニー……？」

小声で呟くティニーの背中に言い知れぬ恐怖を覚えながら、レオンは声をかける。

「大丈夫です、レオン様。……みなさんも、教室で少し騒がしくしてしまって申し訳ありません。もう、こんなことがないようにいたしますので……」

振り返ったティニーは先ほどまでの表情と打って変わって穏やかな微笑みを浮かべ、心配そうに見ている周囲の生徒たちへもそう頭を下げた。

「あ……わ、私たちは大丈夫ですよ、ティニー様」

「いろいろと大変そうですね。俺たちにできることはしますから！」

「ふふっ、ありがとうございます。そのときは頼りにさせていただきますね」

我に返ったクラスメイトたちが口々にそんな励ましの言葉を投げかけてきて、ティニーのほうもそれに笑顔で答えている。

さっきまでの緊迫した空気も緩み、ようやくルーカスがやってくる前の、新学期初日らしい賑やかな雰囲気が戻ってきた。

（いまの騒ぎで、ワイアットの件もみんなの記憶から吹き飛んだかな？　……一応、後で改めて口止めはしておかないと）

改めて自分の席に戻ったレオンは、そんなことを考えつつ、自分を庇ってくれたエルフの美姫のほうを見つめる。

（それにしても、さっきのティニーの雰囲気は……）

周囲の人間をみんな凍り付かせるような殺気を放つ、それは『終末の魔王』として覚醒する気質を持つものらしい姿だった。

ゲーム内の『悪役令嬢』ティニーも、そんな風に殺気で周囲を威圧し、動けなくしていたという描写がいくつかあったことを思い出す。

(やっぱり、ロベルト王子たちと会わせると、よくないことになりそうだな。クラス替えのこと、もう一度学園長に相談しよう)

そう算段を立てていると、クラスメイトたちとの話に区切りをつけたティニーと目線が合い、嬉しそうに微笑みかけられる。

さっきの恐ろしさが嘘のような愛らしさに、レオンも自然と頬が緩んで微笑み返す。

だが、それと同時に、胸に残った疑念――『ティニーがワイアット失踪に関与しているのではないか』というルーカスの言葉を、どうしても振り払えなかった。


(確かに……状況証拠的には、魔法でも使わないと難しいか……)

授業の合間の休み時間。レオンは学園長と少し話をしてくるとティニーへ言い残し、ひとりで廊下を歩きながら物思いに耽っていた。

ワイアットは脱走しないように監視の警備までついていた自室から、突如姿を消してしまい、いままでひとつの証拠も見つかっていない。

レオンが密かに伝え聞いている情報から考えても、常人にはできないことだ。

（それに最近のティニーは、俺に固執しすぎているというか……俺に危害を加えようとする相手や、俺から引き離そうとする相手に対して攻撃的なところもある）

屋敷にいるときは四六時中傍にいるのは当たり前、レオンの着替えの手伝い、食事の準備、そういった日々の雑事もすべて自らの手で行わなければ気が済まず、さすがにそこまでは任せられないというメイドたちから強引に仕事を奪っているほどだ。

『少し、注意なさったほうがいいのでは』と、メイド長からそれとなく助言を受けているのだが、『終末の魔王』としていつ覚醒するかわからないティニーを刺激することを恐れているレオンは、なかなか言い出せないでいた。

（……俺、どうしてこんなに愛されてるんだろう？）

ゲームには登場しなかった、所詮は『モブ』の自分が、悪役令嬢であり、ルート次第ではラスボスとなる悲劇の美姫に狂おしく愛されているのが、まだ理解しかねる。

（婚約破棄のときに俺が助け船を出したのが、相当印象強かったのかな）

エルフたちの姫として暮らしてきて、ゲームとは違って学園でも周りと上手くやれていた彼女に取っては、初めて味わう強烈な敵意と挫折だったのだろう。

そこを助けたという印象が強く、それが強すぎる愛情を呼び起こしているのか。

（嬉しいような、さすがに困るような……それにしても、問題はワイアットのことだよ。あの日の夜……俺、ティニーに『お仕置き』をおねだりされて……そのまま、疲れて寝ちゃったんだよな。次の日の朝、ティニーは隣で添い寝してくれていたけど……）

その夜の記憶を改めて思い出すと、眠りが浅くなったタイミングで、隣にくっついているはずの温もりを感じなかったような気がするのだ。

（夜中、ティニーがこっそり抜け出して、ワイアットを……い、いや、まさか……いまのティニーは、まだ『終末の魔王』にはなっていないんだ。そこまで酷いことをするはずがない……と思いたい……）

しかし、考えれば考えるほど、疑念はふくらんでいく。

あの日、レオンとティニーが受けた襲撃の黒幕がワイアットだったことは、石像に化けて覆面の男たちの話を聞いていたときに、彼女も察しがついたはずだ。

それで、レオンにまで直接的な危害を加えようとしたワイアットを排除した。

最近のティニーの執着っぷり、そして先ほどのルーカスへの態度を見ると、十分可能性はある話だと思う。

（だとしたら、俺はどうすればいい？　どうやって確かめれば……）

とにかく、しばらくはティニーに刺激を与えないよう、ロベルト王子やその関係者との接触はやはり避けるべきだろうと、いままでよりも強く学園長へ訴えるつもりで廊下を進んでいたときだった。

「あ、あの……っ！」

柱の陰から声をかけられ、誰だろうと首を傾げながら近づいていく。

「……失礼します、いきなり呼び止めてしまって……」

「シャーロット嬢……」

そう申し訳なさそうに頭を下げているのは、金色の髪をツインテールにまとめている愛らしい顔の女子生徒──『メインヒロイン』のシャーロットだった。

彼女は騒動を起こした当事者ではないので謹慎や停学とはなっていないが、それでもやはり気まずかったのか、今朝は教室で姿を見ていない。

どうしてこんなところにいるのかと疑問に思うレオンへ、シャーロットは縋るような潤んだ瞳で訴えてくる。

「いろいろご迷惑をおかけしていて、本当に申し訳ありません！　私、レオン様にもティニー様にもご迷惑をおかけするつもりはなくて、本当に……なくて……ぐすっ」

「ああ、わかっているから落ち着いて！　泣かなくても大丈夫だから」

悲しげに涙するシャーロットへ、レオンは『巻き込まれている彼女も、本当に大変なんだろうな』と同情しつつ慰めの言葉をかけた。

「それで、レオン様に一度、しっかりご相談したくて……よろしければ、今日の放課後にでもお時間をいただけませんか？　私、もう……本当に限界で……」

「ああ……そうだな。確かに、こちらとしても一度話をしておきたい」

彼女はいつもロベルト王子に引っ張り回されていて、直接話を聞けていない。

今後、この騒動をどう収めるかの落としどころを決めていくためにも、巻き込まれてしまっている彼女の気持ちや考えを把握したいところだ。

「いまから、学園長と話をしにいくから……今日の放課後とかでも大丈夫かな？」

「は、はい！　それまでお待ちしています。今日は、ロベルト王子が朝から騎士団の方々と会談をなさるとかで、夜までは呼び出しがかからないと思いますので……」

聞くところによると、ロベルト王子をおとなしく自室で謹慎させるため、シャーロットはほとんど毎日のように話し相手として呼び出されているらしい。

「な、なるほど……思っていた以上に大変な状況みたいだね、シャーロット嬢も」

「はい……あの……それでは放課後……お願いします！」

シャーロットはもう一度深く頭を下げ、周囲に見られないよう視線を気にしながら小走りで駆け去っていく。

（本当、彼女もゲームと違って普通にいい子……いや、ゲームでもちゃんといい子か）

ゲーム内ではティニーが本当に意地悪なことや細かな悪事を繰り返す『悪役令嬢』だったので、彼女に立ち向かうシャーロットはユーザーから恨みを買うこともなく、好ましい主人公として評価されていた。

この世界ではティニーには非がないので、逆に横暴を続けているロベルト王子たちに振り回され、困り果てているのだろう。

（庶民の彼女が、王子相手に立ち向かうのは難しいだろうし……話というのも、その辺りのことになるのかな。……それにしても、やっぱりヒロインだけあって、愛嬌があるというか親しみやすいというか……いい子だよな）

こうしてふたりで少しの時間話しただけで、ロベルト王子たちが彼女に惹かれた理由が少しわかったような気がする。

そう苦笑した――刹那だった。

「……えっ？」

一瞬、視界が黒く染まったと思った直後、まるで身体が宙に投げ飛ばされたかのような浮遊感に襲われる。

「なにが……っ……あれ……？」

何事かと一度だけまばたきをして目を開けると、風景が一変していた。

白いシーツが敷かれたベッドと、薬品棚が置かれた部屋。

少し周囲を見回してから、ここが学園内にある保健室だと気づく。

「どうして……俺、さっきまで廊下を歩いていて……って……うわぁ！」

戸惑っていると、今度は身体を見えない手で掴まれているかのように、自由がまったく利かなくなってしまう。

そのまま宙に浮き上がってベッドへ投げ転がされ、仰向けの状態で一切身動きが取れなくなった。自分の身体が、自分のものでなくなったみたいだ。

「どうなってるんだ、これは！　くっ……動かないっ……!?」

また、ロベルト王子たちが仕組んだ刺客にでも襲われているのか。

不安と恐怖が脳裏を過ぎったレオンだが——その視界の隅に現われた人影を見て、一瞬絶句してしまう。

「ティニー……？」

そこに立っているのは、先ほど教室で別れたばかりのエルフ姫に間違いない。

エメラルドの瞳が暗く沈み、悲しげにこちらを見つめている。

恍惚と自分を一途に思ってくれている目で見つめられるのに慣れていたレオンは、それに言い知れぬ不安を覚え、背すじに悪寒を感じてしまう。

「……いま、彼女となにを話していたのですか？」

ティニーはベッドへ上がり、レオンの足下に膝立ちで屈み込みながら問いかけてきた。

「えっ？　彼女って……」

一瞬、なにを尋ねられたのかわからなかったレオンだったが、少しの間を置き、こうなる直前まで自分がシャーロット嬢と話していたことに気づく。

「どうして、俺がシャーロット嬢と話していたことを知ってるんだ？」

わけがわからず逆に問い返すと、レオンの右肩の辺りから、小さな光の粒のようなものがふわりと浮き上がり、エルフ姫のほうへ飛んでいく。

「レオン様からは一瞬も目を離したくありませんから……ここ最近はずっと、光の精霊を通して確認しているんです。レオン様のことを逆恨みした愚かな人間たちが、なにかしてきたら大変ですし……もちろん、そんな事情がなかったとしても、とても愛しい愛しい愛しい愛しい愛しい愛しいレオン様を、ずっと傍に感じていたいんです」

恍惚と呟くティニーは、そのままレオンの身体へ覆い被さってきた。

首筋へ鼻先をこすりつけ、クンクンとわざとらしく音が聞こえてくるほど執拗ににおいを嗅いでくる。

「ちょ、ちょっと、ティニー……待ってくれって！」

レオンは首元のくすぐったい感触、そしてちょうど自分の鼻先にある銀色のポニーテールの髪から漂う薔薇に似た甘い香りに鼓動を高鳴らせつつ、必死に訴えた。

（俺、ティニーの魔法でここへ転移させられたってことか。身体が動かないのも、魔法の力……だよな）

シャーロットと会話するところを、レオンも気づかないうちに忍ばせておいた光の精霊越しに確認し、我慢できず呼び寄せたのだろう。

（離れた場所から、相手の意思に関係なくこうして呼び寄せられる……そんな魔法を、自由に使えるなら……）

それなら、警備兵が見張る扉を通ることもなく、部屋の中から男をひとり誘拐することも難しくはないだろう。

ワイアット失踪に関しての疑念がますます高まってくる中、ティニーは悲しげに深くため息をつき、上目遣いで見つめてきた。

「におい……こびりついてしまっています。私以外の女性のにおい……」

そう淡々と抑揚のない声で呟いた直後、ティニーはまるで吸血鬼のようにレオンの首筋を唇で甘噛(あまが)みしてくる。

「んんんっ！　い、いや、そんなはずはないって……俺、普通の距離でちょっと話をしていただけ……というか、ティニーも見ていたならわかるだろう？」

　慌てて弁明するが、暴走するエルフの美姫の動きは止まらない。

「れろ、んっちゅっ、ちゅううっ！　はぁはぁ、わかってます。んっちゅっ、はぁ、精霊越しに音までは聞こえませんけど……ちゅっ、はぁはぁ、会話も……れろぉっ、なにかやましいものではないと……想像はつきます。んっちゅっ、じゅるっ、ちゅうっ！」

　ティニーは息を切らし、少し苦しげに訴えつつ、レオンの首元、そしてシャツのボタンを外してはだけさせた胸板にまで、執拗に唇を落としてきた。

　大きな音を立ててキスされるたび、肌のあちらこちらに彼女の唇の形をした赤い痕が刻み込まれていく。

「はぁはぁ、くっ……わかってくれているなら、どうして……んっ、ううっ」

「それでもっ、んっちゅっ、はぁはぁ、不安……なんです。どうしても……れろっ、はぁはぁ……はむっ、じゅるるっ、んっちゅっ、ちゅっ！　また……また、取られてしまうのではないかと。しかも……んちゅっ、今度は義務ではない、私が……自分の意志で愛した人を奪われると思うと、頭が真っ白になってっ、もうっ、もうっ……んんっ！」

　戸惑い尋ねるレオンへ、ティニーは振り絞るような嗚咽(おえつ)交じりの声で叫び返す。

その悲痛な答えに、レオンは声を詰まらせてしまう。

「ティニー……それは……」

彼女があの婚約破棄騒動で負っていた心の傷の深さを、改めて突きつけられたような告白に、すぐには慰めの言葉も思いつかない。

自分でもやり過ぎ、考え過ぎだとわかっていても、気持ちを制御できないのだろう。

(傷ついているはずだって、十分わかっていたはずなのに……)

レオンが自分の考えの甘さを悔いていると、ティニーは身体を起こし、相変わらず光が消えたままの暗い瞳で見下ろしてきた。

「まだ駄目……もっともっとレオン様に私のにおい……証を刻み込まないと、安心できません。身体中全部に……もっともっともっと……私が一番レオン様を愛している、国のためではなく、自分のために……誰にも渡したくない婚約者だという証……」

そう思い詰めたように少し早口で呟くティニーは、おもむろに右手の指を鳴らす。

次の瞬間、横たわるレオンの身体が光に包まれ——学園の制服、さらには下着までもが溶けるように消えて全裸になってしまった。

「うわっ……ど、どうなって……え、こ、これも魔法……」

魔法に長けたエルフの中でも、ティニーの実力は群を抜いていると聞いている。

それを裏付ける、本当に『なんでもあり』な魔法の数々にレオンが度肝を抜かれている間に、今度は両足が自らの意思と関係なく動き出した。

「ちょ……お、おい、待ってくれ。これ、どうなって……わわっ！」

気づいたときには、レオンは広げた両足を大きく持ちあげて身体を『く』の字に曲げ、膝が耳元にくっついてしまうような状態——いわゆる、『マングリ返し』に近い体位になってしまっていた。

足下に座るティニーへ、股間もお尻もすべて晒している状態。

さすがに恥ずかしすぎて、瞬く間に顔が真っ赤になってしまう。

（い、いや、これ、男がする体位じゃないだろ！　……ティニーにしてもらいたいとか、そういうことじゃなくて……）

気恥ずかしさのあまり、自分でも訳のわからないことを考えてしまっているレオンへ、恍惚と微笑むエルフの美姫がゆっくりと顔を近づけてきた。

「まず……一番大切な、この辺りへ……しっかり、私のにおいをすり込みますね。誰にも取られないように……」

そう少し思い詰めたような目で呟きながら、ティニーはレオンのふとももを両手で掴むと、そのまま丸出しになっているしわだらけの陰嚢へ唇を近づけてくる。

「はふぅ……んちゅっ、ちゅっ……赤ちゃんの素、いっぱい作ってくださっているここぉ……んちゅっ、はぁ、キンタマ……ちゅっ、ちゅぱっ、はぁ、んっちゅぅ……」

レオンが止める間もなく、左右の睾丸を狙い澄ましたように、交互に繰り返し唇を落としてきた。

わざと下品な呼び方をしながら、舌も伸ばし、皮越しに玉を転がすようにチロチロと舐めくすぐってくる。

「ひっ……うぅっ、お、落ち着いて、ティニー！　さすがに学園でこんなこと……くっ、ああっ……いっ……うううっ」

レオンは暴走するエルフ姫をどうにか制止しようと訴えた。

くすぐったく、下腹までジンジンと絶え間なく痺れるようなキスの刺激に、その声は早くもうわずってしまっている。

明らかに快感の溶け込んでいるそんな声では説得力もなく——いや、いまの暴走し続けるティニーには、たとえ普通の声でも通じなかっただろう。

「んっちゅっ、じゅるっ、ちゅっ……はぁはぁ、大丈夫です。邪魔、入らないようにしてあります。んっちゅ……私からレオン様を奪おうとする邪魔者、誰も近づけないように、しっかりと結界を……んっちゅっ、ちゅぱっ、ちゅっ、ちゅぅっ……」

ティニーは荒く息を切らしながら、そう説明してくる。

レオンに誰も近づけたくない、独占したい。

そんな強い思いを改めて感じさせる言葉とともに、陰嚢へのキスは、少しずつ下のほうへずれていき、尻穴にまで迫ってきていた。

「ここも……んちゅっ、はぁ、身体中、全部……全部、私のにおいをしみこませて……誰も近づけないように。レオン様だけは、絶対、絶対に奪われたくない……んっちゅっ、私が本気で愛した、初めての人……だけは……ちゅっ、はぁ、んっちゅうっ！」

切々と思いを呟きながら、美しいエルフ姫の唇は、一切躊躇うこともなくレオンの排泄器官へ触れていく。

「はぁはぁ、うぅっ、ああ……嘘……だろ、そこまで……くううっ！　や、やめ……それは駄目だ、ティニー！　そこっ……んぁっ、ああっ!!」

唾液で濡れた唇が尻穴に密着するたびに、背すじに電流を流されるかのような鮮烈な快感が走り、思わず腰を浮かせてしまう。

エルフの美姫の熱い舌先が、菊穴の皺を一本ずつ丁寧に解すかのように這い回り、たっぷりと唾液を塗り込まれていく。

穴口が疼き、断続的に意識が飛んでしまいそうな快感が弾ける。

それは屹立を刺激されるのとはまた違う、独特の心地よさだ。

「はむっ、はぁ、はぁ……んっちゅっ、はぁ、もっと……れろぉっ、はぁ、奥まで、マーキング……じゅるるっ、ちゅっ、はぁ、んんんっ……レオン様は私の婚約者……レオン様だけは私が……独占したいんです。私だけが……んっちゅっ、ちゅっ、ちゅちゅっ」

「ティニー……んくうっ、そこ……中まで……くぅっ、はぁはぁっ」

唾液塗れになった菊穴へ、ヌプッと音を響かせながら舌先が入り込んでくる。

入り口辺りを少しずつ広げていくように舐められると、下腹まで響く快感もどんどん大きくなり、もうまともに言葉も紡げない。

その昂ぶりを訴えるかのように、まだ直接的な刺激を受けていない肉棒も、表皮がはち切れんばかりに勃起してきていた。

「ちゅっ、んっちゅっ、はぁ、おちんちんには、もう私のにおい、いっぱい染み込んでいますよね？　何度も何度も……朝、起きてすぐ……んちゅぅっ、お昼……ご飯の後に……午後もっ、んっちゅっ、お茶をしながら……夜……お風呂で、ベッドで……ちゅっ、何度も何度もはしたなくレオン様を求めてしまう毎日でしたけど、ずっと……ずっとずっとそれに応えてくれました。私の愛にいくらでも応えてくださる、優しくて元気で……大好きなおちんちん……んふっ、ふふっ……」

ティニーは尻穴への奉仕を続けつつ、両手を雄々しく立ちあがった屹立へ伸ばす。

右手で赤黒く張り詰めた亀頭を包むように優しく握り、左手は真っ直ぐそそり立つ竿の根元を少し強く握り締める。

「元気なおちんちん、いい子、いい子……んっちゅっ、はぁはぁ……ずっと、私のためだけのおちんちんでいてください。じゅるるっ、こうして……たくさん、よしよし、いい子いい子……しますから……んっちゅ、ちゅうっ」

銀髪のエルフ姫は思い詰めたような暗い瞳で訴えつつ、右の手のひらで亀頭を磨くかのように素早く撫で回し続ける。

滲み出てきていたカウパー腺液が瞬く間に塗り伸ばされ、グチュグチュと卑猥な水音が大きく鳴り響く。

「ひいっ……うわっ、ちょ、ちょっと……それっ、やめて……くっ、はぁはぁ、はぐっ、ううううっ……くすぐったくっ、うううっ……うわあっ！」

剛直の先端部分を執拗に撫でこすられる刺激は、気持ちいいという次元を超えた、息苦しいほどのくすぐったさだ。

レオンは我慢できずに腰を左右へ振り動かし、うわずる声で訴えてしまう。

「はぁむっ、んちゅっ、駄目ですっ、れろっ、ちゅぱちゅぱっ、はぁはぁ、余計な虫が近づかないように、もっともっと……もっともっともっともっと私のにおい……私の気配をレオン様の全身に……んっちゅっ、大切なところにすり込みたいんですっ。レオン様、とてもお優しくて、頼もしくて……人気がある方ですから……私……んちゅっ、はぁはぁ、不安で……れろぉっ、ちゅうっ、んっちゅっ、じゅるるっ！」

ティニーはそんな不安を訴えつつ、菊穴への情熱的なキスを続け、右手で激しく亀頭を撫でこすり続けている。

若い頃からエルフと交流を深めるなどの功績をあげていながら、侯爵家の人間とは思えないほど気さくで親しみやすい。

そんなレオンは、エルフ姫同様、学園内ではみんなから好かれる存在であり、教室でのルーカスとの騒動の後、彼を気遣って声をかける生徒たちが後を絶たなかった。

レオン自身は特に気にしていなかったが、傍目(はため)で様子を窺っていたこのエルフ姫には、少し嫉妬心をかき立てられる光景だったのだろうか。

(その後で、シャーロット嬢と話していたから、尚更悪いほうへ考えが転がり落ちていったとか……)

レオンは快感に悶えつつ、頭の片隅でティニーの心情を想像する。

彼女の不安定な心を察しきれなかった自分の至らなさを後悔するが、いまはそれよりも

この暴走をどう止めるか、そのことで頭がいっぱいだ。

「れろっ、んっちゅっ、はぁ、もっと……もっとぉっ！　んちゅっ、はぁ、奥まで私のにおい……れろぉっ、んっちゅっ、ちゅっぱっ！」

その間も、ティニーはまったく嫌悪の色も見せず、菊門のより深いところまで細く丸めた舌を挿し入れていく。

円を描くように大きく動かし、入り口だけではなく腸壁にまで唾液を塗り込むように舐められると、その圧迫感がさらなる甘い疼きを呼び起こし、握り締められた幹竿が力強く脈動しながらさらに硬くふくらんでいく。

「ティニー……もうっ、くううっ、ほ、本当に限界が……くっ、あぁっ！」

「はぁむっ、はぁ、あは……お尻舐めると、おちんちんも元気になるんですね。んちゅ、レオン様の弱点、見つけてしまいました。んふっ……私だけが知っている、レオン様の秘密がひとつ増えて……れろぉ、ちゅちゅっ、嬉しい……んちゅっ、ちゅうっ！」

ティニーは嬉しそうに目を細めて訴えながら、亀頭を磨くように右手を素早く動かし、そこから垂れてきた先走り汁を竿肌へ塗り伸ばすように左手でしごき出す。

クチュゥッ……グチュッニチュッ、ヌチュッ……チュパッ、チュッ……。

剛直と菊穴から艶めかしい水音が響き、それが室内の淫靡（いんび）な雰囲気を盛りあげていく。

「んちゅっ、はぁ、どうぞ、レオン様……ちゅっ、レオン様も、私にもっとマーキングしてくださいね。じゅるるっ、んっちゅっ、おちんちんのお汁っ、真っ白でドロドロの精液……赤ちゃんの素……じゅるっ、はぁはぁ、いつもみたいにどびゅどびゅ出して、私をあなたのにおいで染めてくださぃ。んちゅっ、はぁ、におい取れなくなるまで、レオン様のおちんちんのお汁で染めあげられたいんですっ、れろぉ、じゅるるっ！」

ティニーは息を熱く切らして訴えながら舌を、両手を熱心に動かす。

舌先で腸壁越しに肉棒の根元——ちょうど前立腺がある辺りを圧迫されると、そのたびに幹竿が電流を流されたかのように大きく跳ね、快感の大きさを訴える。

「うわぁっ、それ……いっ、くうっ……やばいっ、で、出るっ、おおっ！」

レオンは最早暴走する銀髪のエルフ姫を宥める言葉を紡ぐ余裕もなく、急速に高まっていく悦楽に背を押されるまま、昇り詰めていってしまう。

愛しい人に、こんな情けない姿勢を強要され、肉棒も菊穴まで丁寧に奉仕されているのだ。その羞恥と想像を絶する快感に、理性などもう完全に打ち壊されてしまっていた。

「はぁむぅっ、じゅるるるっ、じゅぞおおおっ！　はぁ、はひっ、出してください。レオン様のっ……おちんちんのお汁っ、精液……んちゅっ、どびゅどびゅっ、びゅーびゅーしてっ……私にマーキングぅっ、はひっ、んっちゅぅっ、私とレオン様のにおい、混ざってひとつになるまで……いっぱいっ、いっぱい、んっちゅ、じゅるぅっ、ちゅうう！」

ティニーは狂おしく訴えつつ、菊穴へ滑り込ませた舌先を腸壁の上側に密着させ、強く吸いしゃぶり始める。

そうやって前立腺を刺激しつつ、竿の根元を左手できつく握ってしごき、右手のひらでカウパー腺液塗れの亀頭を素早く磨きこすり、追い込んでいく。

息つく間もない、貪欲すぎるエルフ姫の責めに、レオンは目の前が真っ白に染まるような快感に飲み込まれた。

ドッビュウウウウゥッ、ビュブウウゥッ、ビュルルッ、ビュビュビュゥッ！

「んふううっ、はぁ、んちゅっ、あぁ……出てます、たくさん……んちゅっ、はぁ、お尻の中まで、びゅーびゅー……射精の振動、伝わってきて……んっぐっ、ちゅう！」

銀髪のエルフ姫は激しく噴き出る白濁を右手で受け止めつつ、屹立の脈動を腸壁越しに舌先で感じ、恍惚と頬を蕩けさせていた。

その昂ぶりを確かめているだけで、自らも軽く達したかのように肩を震わせている。

「うううっ、ま、まだ……出てっ、くううっ、ティニー、そんな……いつまでもしごかれると……くすぐったくて、くっ、ひぃっ、んんんっ！」

「でもっ、んっちゅっ、少し精液、残っていそうですから、お汁、全部、全部出し切ってくださいｏはぁはぁ、んふっ、ちゅっ……じゅるるっ」

ティニーはそう言って射精中の肉棒を左手で執拗にこすり続けていた。

親指で裏すじ辺りを強く押しながら絞るように先端へ向かってしごき、そこにわずかな残滓まですべて綺麗に絞り出していく。

真っ白いゼリー状の濃い白濁を全部右手のひらに溜めたティニーは、ようやく満足したのか菊穴から舌を抜き、ゆっくり身体を離していく。

そして右手に溜めた白濁を嬉しそうに見つめると、まったく躊躇うこともなく、唾液で濡れた桜色の唇をそこへ近づけていった。

「じゅるるるっ、じゅぞ……んっちゅっ、はぁ、んぐんっぐっ……じゅるっ、ちゅっ、はむぅ……はふぅ……はぁはぁ……レオン様のにおい、お口いっぱい……はふぅ……んっ、んくっ……んんんっ！」

ティニーは手のひらいっぱいに溜まっていた白濁を、あっという間に啜り飲んでいく。

喉を鳴らすたびに感極まったように大きく背すじを震わせ、恍惚と熱い吐息をこぼし、愛しい人のにおいに酔いしれていた。

「……だ、大丈夫？　全部飲まなくても……」

「嫌です、そんな……レオン様が出してくださったお汁、全部……全部私のものにしたいんです。レオン様の赤ちゃんを孕める、大切なお汁……私だけ……レオン様の婚約者にしていただけた、私だけのものに……んちゅぅ、ちゅ、れろぉ……」

ティニーは少し思い詰めたような鬼気迫る声で呟きつつ、手のひらに付着しているわずかな残滓までも執拗に舐め続けている。

その貪欲過ぎる想いにレオンが圧倒され、沸きあがる不思議な恐怖と悦び両方に翻弄されていると、精液をすべて舐め味わい終えたティニーがゆっくり立ちあがった。

「まだです。もっと……んっ、もっと私の身体にレオン様のにおい、染み込ませて……私のものだという証も、もっともっともっともっともっと……たくさん、身体中に刻ませてください。もっと……もっとです！ 絶対、誰にも奪われないように……」

そう低い声で呟いたティニーがまた指を鳴らすと、持ちあげられていたレオンの両足がゆっくりと元に戻っていく。

今度は大きく股を広げ、大の字の状態で見えない縄に縛り付けられているかのように固定されてしまった。

「ティニー、お願いだから落ち着いてくれ。俺の話を……」

「……まだです、もっと……もっともっと……もっと……レオン様のにおい、熱……傍に感じないと落ち着けません。だから……」

宥めようと呼びかけるレオンにそう言い返したエルフの美姫は、そのまま腰上へゆっくりと座り込んでくる。

魔法で消したのか、いつの間にか秘部を覆うショーツはなくなっていて、愛液を滴らせる蜜裂が剥き出しの状態だ。

まだ射精の余韻が抜けずに脈動しながら勢いを保っている肉槍の先端が、綻び広がるその中央部分に密着し、そのまま膣内へ飲み込まれていく。

ズチュルゥッ、ズブブブッ、ヌップウウウゥッ！

「はぅっ、くふぁあああっ、はぁはぁ、んぅ、はふぅっ……あぁ……感じます。お腹の一番深いところ……赤ちゃん……レオン様と私の愛の結晶を授かる場所に、レオン様の熱を……はひっ、はぁ、これ……んぅっ、いいっ、くふぁああっ！」

張りのある尻房をレオンの腰へ密着させ、幹竿を根元まで余すところなく膣壺に迎え入れたエルフ姫は、感極まる震え声で悦び叫ぶ。

踊るように腰が左右へ激しく揺さぶられ、その動きに合わせて膣内に埋まっている怒張の先端がコリコリと少し硬い感触の子宮口とこすれる。

「うぅっ……ちょ……ちょっと待って……ひぃっ、くう！」

まだ射精の余韻が完全に鎮まっていない亀頭を執拗に刺激されると、レオンは思わず腰を浮かせてしまうくらいのくすぐったさに悶絶してしまう。

声も情けなくうわずってしまい、制止の言葉もまともに紡げない。

「はんんっ……レオン様の気持ちよくて嬉しそうな声……好きです。あぁ、私も……気持ちいいです。……もっとっ、はふっ、はぁはぁ」

ティニーはうっとりと呟きつつ、制服の胸元を大胆にはだけさせる。

ぷるんっと弾みながら飛び出てきた双乳は、彼女の腰使いに合わせて悩ましく揺れ、レオンを視覚的にも興奮させてくれた。

熱い膣壺の中で肉棒の勢いが増し、締めつけてくる膣壁を押し返していく。

「んんんん！　あぁっ、大きい……くふぁっ、はぁ、ゴリゴリこすれて……私の中、レオン様の形になっていく感触……これ……これっ、とっても好き……くぅっ、はぁはぁ、レオン様のものにしていただけてるって実感できてっ、はひっ、あああっ！」

グチュルゥッ、ズボズボォッ、ヌチュウゥッ、グチュウゥッ‼

感極まったようにうわずる嬌声に合わせて、腰の動きが少しずつ加速していった。

結合部から漏れ響く、竿肌と膣粘膜が熱くこすれ合う水音。

それが飛び散る甘酸っぱい香りの愛液とともに、雰囲気を盛りあげてくれる。

「レオン様……もっとっ、もっと私の中……おま○こにっ、子宮に、証……あなたのものだという証、すり込んでくださいっ、んふっ、はぁ、はんんっ、ああっ！」

　ズチュルッ、グッポグッポォッ、ズブブッ、ズブリュウッ！

　エルフ姫は銀髪のポニーテールを振り回すような勢いで、身体をリズミカルに上下へ弾ませていく。

　尻房がレオンの腰と衝突するたび、パンパンッと乾いた音が鳴る。

　零れ落ちた双乳も大きく揺れ、先端の乳首がぷっくりとふくらんで、より淫らで美しく見た目になってきていた。

「あ、証って……んっ、もう、何度もしてるから……んくっ、くううっ！」

　されるがまま、ただ身体を走る快感に合わせて全身を震わせることしかできなくなっていたレオンは、それでもどうにか声を振り絞り、ティニーへ問い返す。

「それでもっ、足りないです。だって……あの子と……シャーロットさんとレオン様が話をしていた……レオン様のことをどれだけ信頼していてもっ、それでも……不安……拭えなくてっ、はぁはぁ、ひぃっ、くううっ、はぅっ、んん！」

　宥めるレオンへ、エルフの美姫は震え声で必死に訴えてきた。

　光の消えたエメラルドの瞳にはうっすらと涙が浮かび、それに気づいたレオンは彼女の想いを改めて胸いっぱいに感じてしまう。

（そうだよな……シャーロット嬢に悪気はなかったとはいえ、婚約者を奪った相手なんだから……もうちょっと、気を遣うべきだった）

まさかティニーが魔法で見ていたとは思いもしなかったけれど、それでもふたりだけで話をするのは軽率だったと自戒する。

「レオン様、もっと……んぅっ、はぁ、もっと……感じさせてください。レオン様のことを……もっともっとっ、はぁはぁ、んっ、ちゅっ、れろぉ……ちゅううっ！」

そうレオンが軽い自己嫌悪を覚えて沈んでいる間にも、ティニーは愛しい人との確かな繋がりを求めて腰を動かし続けていた。

上体を大きく前へ倒すと、さっきも無数のキスを落としていたレオンの首元へ、まるで吸血鬼のような勢いで吸いついてくる。

「んっちゅっ、はぁ、ちゅぅっ、ちゅうっ……んんっ、もう、痕、取れなくなってしまうくらい……強くっ、れろっ、ちゅっ、ちゅっ、んっちゅっ！」

情熱的なキスが素早く何度も落とされ、首元に赤いマークがいくつも刻まれる。

そのたびにわずかな痛みと熱い疼きがジンジンと弾け、身じろぎしてしまう。

敏感に反応してくれることが嬉しいのか、振り下ろされるキスの雨は激しさを増し、首筋からはだけさせられた胸板のほうにまで迫ってきていた。

「じゅるぅっ、んっちゅっ、ちゅっ……はぁ、んぅっ、こっちも……れろっ、れろれろ、ちゅっ、んっちゅっ、ちゅぅ……はむぅっ、んんっ」

「ひっ……くうう！　ちょ……ちょっと待って、そこ……えっ、んんっ！」

ティニーは右手で愛しげにレオンの胸板を撫でながら、唇を豆粒のように小さな乳首の辺りへ落としてくる。

まさかそんなところまで責められると思っていなかったレオンは、啄むように甘噛みされたびに走る電流のような刺激に、大きく背すじを仰け反らせてしまう。

「はぁむっ、んちゅっ……はぁはぁ、気持ちいいですか？　んちゅっ、ふふっ、男の人も……レオン様も、ここ……れろぉっ、敏感なんですね」

「そ、それは……くううっ！　いや、本当に、やめ……くっ、ああっ」

レオンは強すぎる快感に思わず顔を顰め、身をよじらせつつ訴える。

乳首を責められて情けなく喘いでしまうのは、思っていた以上に恥ずかしい。

声を我慢しようとしても、チュパチュパとまるで赤児のように強く吸われると、一瞬頭の中が真っ白になってしまうくらいに快感が強くなってきた。

「ふふっ、レオン様がここ……乳首で可愛らしく喘いでしまう姿、私だけが独り占め……ずっとずっと……んちゅっ、こんな恥ずかしいレオン様も、頼もしいレオン様も……すべて私だけのものに……私だけの……んちゅっ、はぁはぁ……誰にも邪魔されず、私だけの……んちゅぅっ、じゅるるっ、ちゅうっ、ちゅぱちゅぱっ、はぁ、んっちゅっ！」

ティニーはうわごとのように繰り返し呟きながら、乳首やその周辺へ情熱的な口づけを休みなく続けてくる。

同時にお尻を素早く上下に振り、膣壺で咥え込んでいる肉棒へも自らの愛蜜をすり込むような奉仕を止めない。

グチュッ、ヌチュウウッ、ズポズポォッ、グッポッ、ズッチュウウッ！

「ひぅっ、はぁはぁ、はひっ、んぅっ、あああぁ！　これぇっ、はぁ、んっちゅっ、いいです……乳首、キスしてると……んっちゅっ、おちんちんも大きく……硬くなってっ、私の中、いっぱい……レオン様でいっぱいにっ、はひっ、んっちゅううう‼」

抽送の盛大な水音とキスの音に交ざり、エルフ姫の嬌声も高く跳ねあがる。

「はぐぅっ、ああっ……ティニー……んんっ、はぁはぁ、そ、それ……くううっ！」

レオンはもうそれを制止する言葉も口に出せず、ただ甘く息を切らす。

押し潰されそうなほどの狂おしい愛情が、全身にのしかかってくるようだ。

（でも、俺が不安がらせた……から……しょうがない）

自分の至らなさが原因だとそれを受け入れる覚悟を決め、改めて気持ちを伝えなければいけないと、甘く痺れっぱなしの腰に力を入れてわずかに持ちあげていく。

ヌチュウウッ、グチュグチュッ、ヌチュッ、ズチュウウッ！

「ひゃううっ！　んぅっ、あぁ、レオン様、動いて……んくっ、くれてぇ……はひぃ、いいいっ、あぁ、中……子宮にぃっ、おちんちんでキスぅ……はひっ、ああっ！」

「うん……くっ、ティニー……ごめん、不安がらせて。でも……俺はティニーが好きだから……くううっ、絶対にティニーを裏切らない！　守り続けて、幸せにする……だから、はぁはぁ……信じて……くううっ!!」

レオンは意識が飛びそうな狂おしい快感を紙一重で堪え、そんな決意を訴えつつ、ぎこちない腰使いで突きあげる。

焼けるように熱く蕩けた膣粘膜を雁首でこそげ取るようにこすり、行き止まりの子宮をリズミカルに打ち叩く。

「んふううっ、はぁ、はひっ、あぁ……嬉しいっ、レオン様の気持ちっ、んちゅっ、感じますっ、はひぃっ、あぁっ、おま○こ、しっかりレオン様専用にぃっ、レオン様のおちんちんの形に躾けられながらぁっ、はひっ、あああっ！　感じてぇっ、んくううっ、はぁはぁっ、ひふぁああっ、んっちゅっ、ちゅううっ！」

ティニーはそのたびに蕩けた声をあげ、強く乳首へ吸いついてくる。

少し赤く腫れてきてしまっている肉粒は彼女の甘い唾液塗れになり、ますます感度が高まってきていた。

前歯でカリッと少し強めに噛まれながら吸われると、背すじがゾクゾクと震える強烈な快感が射精衝動に火をつけ、もう止められそうにない。

「んんんん！　このままぁ、このまま中……おま○この奥っ、レオン様のお汁ぅ、赤ちゃんの素出してぇ……ふぁああっ！　レオン様のものだという証っ、一番の証っ、赤ちゃん孕めるようにぃっ、はひっ、いっぱいっ、いっぱい出してぇっ、くうう！」

「はぁ、ううっ、それは……んっ、うううっ……」

毎回のように求められて、結局抗えず流されてしまう魔性の懇願。

自分たちの立場のことを考えると、婚前交渉だけでも露呈すると危険なのに、妊娠となれば大問題だろう。

それがわかっていても、恍惚の目差しで見つめられ、生き物のように艶めかしく蠢いて幹竿に絡みついてくる膣粘膜の動きにねだられると、湧きあがってくる熱い衝動を我慢することはできなかった。

「はぁはぁ、駄目だ……もうっ、で、出るっ……くうう！　イク……あぁっ」

「はいっ、きてくださいっ！　レオン様の熱いお汁っ、私の中に、おま○こに全部くださいっ、全部、全部っ、はぁはぁ、はふぅっ、あああっ！　あはっ、子宮いっぱい、レオン様のにおいっ、染み込ませて……イイッ……イクっ、私もっ、イッ……んくぅっ、ああっ、あひぃっ、んっちゅっ、じゅるるぅっ、んふううううっ‼」

ドッビユウウウッ、ビュビュビュッ、ビュルゥ、ビュックッ！

ギュッと握り締めるかのような勢いで狭まる膣壺の中で、レオンは幹竿をいっぱいにふくらませ、白濁を迸らせた。

「んぅううううう！　はぁ、はふぅ……んんんっ、中、いっぱい……きてますっ、あぁ……レオン様の熱いお汁ぅ……レオン様の想い、お腹に染みてくりゅぅ……」

亀頭が軽く食い込んでいる子宮口へ、ドロドロの熱液が注がれていくのに合わせ、エルフの美姫は軽く全身を痙攣させ、うっとり歓喜の吐息をこぼす。

悦びを分かち合いたいと言わんばかりに胸板、乳首辺りへのキスを続け、熱く火照る尻肌を腰へこすりつけてくる。

まだまだ足りない、そうねだってくるようなティニーの動きに、レオンも遠のいていく意識を辛うじて繋ぎ止めつつ、限界まで吐精を続けた。

「ドロドロのお汁、たくさん……お腹、いっぱいです。んっ、あぁ……私、レオン様のにおいに包まれてぇ……はひっ、はぁはぁ、ひぃ……んんんっ……はふぅ」

注がれたものを一滴も無駄にしたくないと言わんばかりに、膣口が収縮し、竿の根元が痛いくらい締めつけられる。

「くぅううっ……ティニー、ちょっと落ち着いて……くっ、さ、さすがにきつい……から……うわっ、ううううっ」

射精直後の肉棒には強すぎる刺激に、レオンは声を震わせてしまう。

だが、幸せそうに胸板へ顔を埋めたまま蕩けるエルフ姫は、すでに半ば意識を手放しているらしく、ただ熱く吐息をこぼすだけだった。

「はひぃ……レオン様っ……んちゅっ、私の……レオン様……はぁはぁ……」

「……大丈夫、俺は……大丈夫だから……んっ……」

自分は、彼女のこの愛情を裏切らない。

レオンは肉棒への狂おしい締め付けの痺れと快感に堪えつつ、改めてその決意を伝えようと繰り返し訴え続けた――。

(とりあえず……放課後、シャーロット嬢とふたりだけで会うのは中止だな)

レオンは食堂へ向かって廊下を歩きつつ、今後の予定を改めて思案する。

満足し、気を失ったまま起きる気配のなかったティニーをひとまず保健室へ残し、とりあえず飲み物でも持ってきてあげようと考えたのだ。

（目を覚ませば、ティニーも少しは落ち着いてるだろうし……そうだな……ティニーにも同席してもらえば、余計な心配かけなくて済むかな？　シャーロット嬢は少し気まずいかも知れないけど、いつまでも避けていられるわけでもないし、ちゃんと話をするのは彼女のためにもいいことだ）

エルフの美姫の不安、そして情緒不安定なところを改めて思い知ったレオンは、彼女に余計な心配をかけないよう、振る舞いに気をつけようと自分を戒める。

（とりあえず、シャーロット嬢に予定変更を伝えないと。……でも、俺が直接話をしにいくと、またティニーに余計な疑いを持たれちゃうかな？　誰か、適当な知り合いにでも言伝を頼んで……）

レオンがそんなことを考え、廊下を曲がった直後。

正面から、物々しい武装をした兵士が数名、駆け寄ってきた。

「えっ……？」

明らかに葛藤を浮かべている兵士たちは、手に持った剣を構え、レオンを取り囲む。

わけがわからずただ呆然と立ち尽くすしかなかったレオンへ、その間をかき分けるように姿を現した男——謹慎中で、ここにいないはずのロベルト王子が声をかける。

「レオン、この……反逆者めっ！」

「……はっ？　どういうことですか、それは！」

エルフたちとの同盟を台無しにしかけた王子のほうが、よほど反逆者だ。

そう言い返したい気持ちを堪えて問いかけると、ロベルトは憎しみをあらわにレオンを睨みつけてきた。

「とぼけるなっ！　ワイアットだけではなく……ルーカスまで、どこへやった！　今朝、貴様たちと揉めごとを起こした後、そのまま学園内から姿を消し、屋敷にも戻っていないという報告が届いたのだっ!!　どう考えても、お前……いや、あの恐ろしいエルフの女以外に犯人は考えられないだろうっ!!」

「なっ……なんですって？」

予想外の知らせに、レオンは目を見開いて絶句する。

それが事実ならまだ姿が消えて数時間、はっきり誘拐と騒ぎ立てるには早すぎる気もするが、ワイアットの件もあるので、そうも言っていられないのだろう。

「レオン、あのエルフの女はどこだっ！」

「それは……いまの王子には言えません」

怒りに暴走するいまのロベルトには、絶対にティニーを会わせられない。

今朝、ルーカスに対して見せた彼女の冷たい目差しを思い出すと、どんな騒動が起きるか想像もしたくなかった。

とにかく、ここは話し合いでいったん落ち着かせよう。

そう考えるレオンだが、王子の暴走は彼の想像を超えていた。

「ならば、貴様を犯人として捕らえ、尋問してやる！　連行しろっ‼」

「えっ……ほ、本気ですか？　なっ……」

レオンは戸惑っている間に、申し訳なさそうな顔の兵士たちに両手を掴まれる。

「覚悟しろ、俺が直々に、どんな手を用いてでも白状させてやるからなっ！」

そう怒りを燃やすロベルト王子の後を追うように、レオンは連行されていく。

周囲は何事かと遠巻きに様子を見ているが、王子と侯爵家の子息の揉めごとに口を挟めるものは誰もいない。

（いくらなんでも、ここまでするなんて……ティニー……）

保健室に残しているティニーのことを気遣いながら、レオンは自力でこの場を切り抜ける方法も思いつかず、ひとまずはおとなしく従うしかなかった――。

四章　ふたりで描く、新しい物語

「侯爵家の子息を、問答無用で地下牢に放り込む……いくら王子でも無茶が過ぎるぞ」

薄暗い石造りの地下牢。他よりは広く、内装にも気を遣われている貴人用の牢に監禁されたレオンは、呆れ顔で呟くしかなかった。

激昂するロベルト王子の指示で連行され、問答無用でここに放り込まれたのだ。

間が悪いことに、王子の暴走を止めてくれるであろう国王は、隣国との会談のために王都を留守にしている。

(戻ってくるまで、二、三日はかかるはず……それまで、どうするか……うちの父上が手を回してくれる可能性もあるし、まあどうにかなるよな)

ロベルト王子は『どんな手を使ってでも、白状させる』と息巻いていたが、さすがに拷問されるようなことはないだろう。

(……ないよな？　さすがの馬鹿王子もそこまでおかしくなってない……と思いたい。うちの国には、拷問官なんてものもいないはずだし)

少しだけ不安になってきたレオンだが、それ以上に気になるのは、ロベルト王子から聞かされた、ルーカスまで行方不明になったということだ。

（ワイアットを捜すために、ひとりで先走ってなにかやってるだけならいいんだけど……

でも、もし本当に行方不明だとしたら……）

頭に思い浮かぶのは、レオンが驚いて言葉を失ってしまうような魔法をいくつも使いこなせる、銀髪のエルフ姫。

「いや……今日はほとんどずっと、ティニーは俺の目が届く場所に居たんだ。ルーカスをさらう時間なんてなかったはず……」

疑念を払うように呟くが、自分を一瞬のうちに廊下から保健室へと転移させた魔法のことを思い浮かべてしまう。

あんな魔法を使えるのなら、人をひとりさらうくらい一分もかからない。

自分が廊下でシャーロットと少し話していた、あれくらいの時間があれば――。

（まさか、本当にティニーが……？　でも……）

自分へ寄せる尋常ではない執着心、重すぎる愛情。

考えれば考えるほど、疑念はふくらんでいく。

（もし本当にそうだとしたら……この状況、相当まずいぞ）

ティニーはレオンに危害を加えようとするもの、ふたりの仲を邪魔しようとするものを徹底的に排除している。

こうしてレオンを問答無用で捕らえて連れ去ったロベルト王子に対しても、その怒りが向けられるはずだ。

嫌な予感を拭うことができず、背すじを冷たい汗がツーッと流れていく。

その感触に、思わず身震いした直後。

「あ、あの、落ち着いてください、ロベルト王子……お願いです！」

「俺は冷静だ、シャーロット。心配はいらないから、君は部屋で待っていてくれ。ふたりのことは、俺が必ず聞き出してみせるっ！」

賑やかな言い争いの声とともに、男女ふたり——厳しい表情のロベルト王子と、彼にすがりつくように涙目で引き留め続けているシャーロットがやってきた。

彼女までここにいるのが少し意外だったレオンだが、おそらく騒ぎを聞いて駆けつけてくれたのか、それともまたロベルトに呼び出されたのだろう。

「王子が護衛も連れずにこんな場所へやってくるなんて、あまりに軽率では？」

牢の前まで歩み寄ってきたロベルトへ、レオンはため息交じりの声をかける。

いくら城内とはいえ、ワイアットに加えてルーカスまで行方不明になっている状況だというのに、危機感がなさ過ぎる行動だ。

「ふん、他のものはお前がオルファイン侯爵家の人間だからと、取り調べに手心を加えそうだからな。俺が直々に話をする他あるまい」

格子越しに睨み付けてくる王子は、もう完全にレオンたちを犯人と決めつけ、聞く耳を一切持ってくれないようだ。

「さあ、白状しろ、レオン!! ワイアットとルーカスはどこだっ！」

「ですから、俺にはまったく身に覚えがないことです」

即答するレオンへ、ロベルトが不敵な笑みを浮かべる。

「『俺には』……か。つまり、犯人はあの悪魔のようなエルフの姫ということだな」

「っ……そ、そういうわけでは……」

その指摘に、レオンがすぐさま明確な否定の言葉を返せなかった。

「レオン、お前もわかっているはずだ！ このような不可思議で、そして恐ろしいことをしてのけるのは、あの邪悪なエルフの姫以外にいないと！」

「じゃ、邪悪って……ティニー姫のことを、そんな風に言わないでくださいよ。ロベルト王子、いくらなんでも元婚約者に対する態度ではないかと……」

「あの……わ、私もそう思います！ ティニー様は親切でお優しいお方で……私もいじめられていたなんて、そんなこと本当にないんですっ！」

容赦ない物言いのロベルトを、レオンはもちろん、彼に付き従っていたシャーロットも声を揃えてたしなめる。

だが、そんなふたりに、ロベルトは苦虫を噛み潰したような表情を浮かべた。

「人のいいレオン、それに優しいシャーロットはあいつをそうやって庇うが……俺には真実が見えている！　あの女……ティニーがいかに腹黒く、得体の知れない女か……俺は初めて顔合わせしたときから見抜いていたのだ！」

「それは……どういう意味です？」

問いかけるレオンへ、ロベルトは吐き捨てるように言葉を続ける。

「元々、人間を見下して距離を取り続けていたエルフとの婚約なんて気に入らない話だったが……王国の発展のためなら我慢しようと、泥水を啜る覚悟で受け入れた！　だが、それもあいつの顔を見るまでの話……あいつと向き合っていると、言い知れぬ闇の中へ飲み込まれていくような、なんとも不気味なものを感じる……シャーロットはともかく……レオン、お前はそれにまったく気づかないのか!?　お前ほど有能な男なら、人の本性を見抜くくらい容易(たやす)いだろう」

「ほ、本性……ですか？　いやぁ……」

身を乗り出して必死に訴えてくるロベルト王子に、レオンは言葉を濁してしまう。

（闇……王子がティニー姫に冷たかったのって……それが原因のひとつ、なのか？）

ゲーム内では、婚約破棄を機に『終末の魔王』として覚醒するティニー。

彼女の中には、ロベルト王子が見抜いたような資質が確かに隠されている。

この王子もゲームではメインの攻略対象、ルート次第ではシャーロットと一緒に世界を救って英雄と呼ばれるようになる人物だ。

本能的にシャーロットの中に眠る『終末の魔王』の気配を感じ取り、それに嫌悪感を抱き、冷たい態度を取っていたのだろうか。

（ゲーム内でもそうだったのか……？　だとしたら、その勘の鋭さが『終末の魔王』を蘇らせる一因になったってことで……そんな……）

レオンはすぐには言葉も出てこず、ただうなだれるしかなかった。

「私……信じられません。だって、ティニー様は本当に優しくしてくださって……」

「そんなもの、表向きの話だけだ！　裏でどのような悪事を働き、君を苦しめていたかわからないんだぞ、シャーロット!!　あいつはワイアットとルーカス、侯爵家の子息ふたりをさらうという大罪を犯しているんだ！」

そう断定して言い切ったロベルト王子は、さらに厳しい目差しをレオンへ向ける。

「大罪と言えば、もうひとつ……レオン、お前、今日、シャーロットとふたりでなにか話をしていたそうだな？　どういうつもりだ！」

「えっ？　あ、そ、それは……」

廊下で少しの時間立ち話をしていたことが、すでに王子の耳にも入っているようだ。

彼までティニーのように魔法で盗み見していたのかと一瞬驚いたが、すぐにそんなはずはないと首を横に振る。

おそらく、学園内に残っている彼の取り巻きから告げ口があったのだろう。

「レオン、どういうつもりだ？　まさか、シャーロットを直接脅迫したのか？　それとも……シャーロットの素晴らしさに気づき、彼女を我がものにしようと……」

「いやいや、どうしてそういう話になるんですか！　俺は、ただ……その……」

シャーロットから、お前たちの馬鹿げた暴走のことで相談を受けただけ。

そんな事実を口にしたら、このおとなしい平民の美女に迷惑がかかるかも知れないと、一度言葉を止めて彼女の反応を窺う。

だが、その間がロベルト王子の疑いを深めてしまったようだ。

「すぐに答えられないということは、やましいことがあるのだな！　貴様……っ‼」

「あ、あの、ロベルト王子、落ち着いてください！　レオン様はなにも……」

身を乗り出し、格子を掴んで激昂する王子を、半泣き顔のシャーロットが必死に止めようとするが、その勢いはまったく鎮まらない。

「シャーロット、なにも心配せずに任せてくれ！　君を苦しめるものはすべて、この俺が排除してみせるっ‼　レオン、旧友のお前でも容赦はしない！　ワイアットやルーカスのことも含め……こうなれば、拷問にかけてでも事実を明らかにしてやるっ‼」

ロベルトが血走った目差しでそんな恐ろしいことを叫んだ――直後。

元々ひんやりとしていた周囲の空気が、身震いするほど冷えていった。

「うっ……な、なんだ……？」

異変に気づいた王子が、少し血の気が引いたのか戸惑いつつ周囲を見回す。

「まさか、ここまで愚かな真似をするなんて……さすがに想定外です。私の大切なレオン様に対して、よくも……このような真似を……」

地下牢の奥、光がまったくない闇の中から聞こえてきた、低い声。

カツンカツンと石畳をゆっくりと歩み進む音を伴って姿を見せたのは、銀髪のエルフ姫――制服姿のティニーだった。

「ティ、ティニー、どうしてここへ……」

保健室のベッドで疲れ果てて眠っていたはずの彼女が、なぜここにいるのか。

動揺して目を見開くレオンへ、ティニーは恍惚と微笑みかける。

「レオン様、眠っている私をひとり置いていくなんて……寂しかったです。あのまま、保健室で一緒にいてくだされば、このような……どこまでも愚かで哀れなクズに絡まれることなんて、なかったでしょうに」

段々と声の調子を厳しくしていったエルフの美姫は、光の消えた暗い瞳で戸惑うロベルト王子を睨みつけた。

「くっ……オルファイン王国の王子に対して、随分な物言いだな！　そのどこまでも人を見下し、小馬鹿にしている本性……そして、底深い闇の気配！　やはり、貴様は俺が見抜いていたとおり、とんでもない……悪魔のような女だ‼」

ティニーの迫力に威圧されて数歩後ずさるロベルトだが、それでも捨て台詞のように容赦ない罵声を口に出した。

あまりの物言いに、背に庇われる体勢になっていたシャーロットも顔を強張らせて批難するように彼の袖を引っ張るが、火がついた王子の勢いは止まることはない。

「答えろ、ティニー！　お前がワイアットとルーカスをさらったんだろう？　ふたりをどこへやった‼　おとなしく白状したらどうなんだっ！」

背すじを伸ばして優雅に立つティニーを、ロベルトは指さしながら糾弾する。

「ロベルト王子、もうやめてください！　ティニー様はそんなお方では……」

もう見ていられないと言わんばかりに、シャーロットが必死に叫ぶ。

それでも口を閉ざすことなく、王子が再び口を開いた直後だった。

「それになにか問題が？　レオン様に危害を加えようとした害虫を排除しただけです」

「……えっ？」

エルフの美姫が弓なりの美しい眉をピクリとも動かさずに言い放った言葉に、思わずレオンが戸惑いの声をこぼしてしまう。

あっさりと認めたことに、問い詰めていたロベルト王子は呆然と目を見開いて絶句し、シャーロットは片手で口を押さえ、小さく肩を震わせる。

三者三様に驚きの反応を見せる中、ただひとり平然としているティニーは、レオンが囚われている牢の前まで歩きつつ、さらに言葉を続けた。

「侯爵家の子息であるワイアット様が、その権力で兵士たちに無理な命令を与え、私たちを襲わせる……このこと自体、表沙汰になれば極刑すらあり得る、言語道断の罪のはず。ルーカス様も……お優しいレオン様を一方的に疑い、学園の人々の前で暴力を振おうとした……私からしてみれば、到底許しがたい大罪です」

牢の扉前に立ったティニーが右手を錠前の部分へかざすと、鋼鉄でできているそれがまるで飴のようにドロリと溶けてしまう。

「レオン様、さあ、どうぞこちらへ」

「あっ、う、うん……」

鈍い音を響かせながら扉が開き、レオンはこの場にはまったく似つかわしくない穏やかな笑顔で促してくるエルフ姫に言われるまま、足を踏み出す。

そのころになって言葉を失っていたロベルト王子も少し我に返ったのか、動揺をあらわに小さく震えながらも再び声をかけてきた。

「ま、待て！ ワイアットとルーカスをさらって……どこにやったんだ！ まさか……まさか、すでに……くっ、こ、この……！」

最悪の結末を思い浮かべ、最後まで言葉を紡げなかった王子へ、ティニーはうんざりとした表情で深くため息をこぼす。

「勝手な思い込みはやめてください。犯した罪を考えれば、王子のおっしゃるような形で処断するべきだったでしょうけど……そんなことをすれば、心優しいレオン様を悲しませてしまいます。ですから、しばらくの間、『静かに』反省していただいているんです。落ち着ける場所で……」

「ど、どういう意味だ！ 回りくどい言い方を……そうやって、すぐに人を見下そうとするのが、お前の底意地の悪さだぞっ!!」

意味深に説明するエルフの美姫へ、王子がさらに罵声を浴びせる。

だが、その合間も少しずつ後ずさりしていて距離を取っているのは、瞳から完全に光が消え、穏やかに微笑んでいるはずなのに言い知れぬ殺気を感じさせる彼女に、本能的な恐怖を覚えているからだろう。

（と言うか、どういう意味……なんだ……？）

ティニーのすぐ傍らで話を聞いていたレオンも、詳しい話を聞きたい気持ちと、聞いてしまうことが恐ろしいという気持ちにさいなまれ、口を挟めないでいる。

しばらく不気味な沈黙が地下牢に流れた後、銀髪のエルフ姫はしょうがないと言わんばかりに肩を落とし、首を横に振った。

「そうですね……説明するより、ご覧になっていただくほうが早いでしょう。このじめじめとしたかび臭い地下牢は、長話をするには不適切な場所ですし」

ティニーがそう呟き、右手を高々と掲げた瞬間、そこから黒い霧のようなものが噴き出てきて、地下牢の床全体へ広がっていく。

「うわっ、な、なんだ、これは……」

「きゃあっ！　これ、す、凄い魔力が……」

悲鳴を上げて戸惑うロベルトとシャーロットが、一瞬でそれに飲まれていく。

一歩遅れて同じように飲み込まれたレオンは、ふわりと身体が浮かびあがるような独特の感覚に覚えがある。

（これ、さっきの……転移魔法？）

気づいた瞬間、視界が完全に黒く染まり――そしてまばたきをすると、周囲の光景が一変していた。

「どこだ、ここは……」

「えっ、どうして……これ、なにが……えっ、えっ……」

少し離れた場所、同じように転移してきていたロベルトとシャーロットは、初めての経験だけにうろたえながら周囲を見回していた。

これが二度目の経験になるレオンは少し落ち着きつつ、どこに飛ばされたのかを把握するために辺りを観察する。

それなりに広い部屋の中にいくつもの立派な石像が並んでいるこの光景は、レオンには見覚えがあるもので、すぐ答えにたどり着いた。

「ここって博物館の展示室……だよな」

先日、ワイアットの手引きで襲ってきた覆面の男たちから逃れるために隠れた、博物館の一室。オルファイン王国の偉人たちの像が並ぶ場所に間違いない。

部屋の入り口は、魔法で作られたらしい黒い霧の壁で封鎖されている。

これも、邪魔が入らないようにというティニーの仕業だろう。

「は、博物館……馬鹿な、城から一瞬でそこまで移動させられたと？」

「ティニー様の魔法、やっぱり凄い……」

王子とシャーロットはまだ驚きの表情のまま、呆然としている。

そんなふたりへ、エルフの美姫は少し呆れたように肩をすくめて声をかけた。

「ロベルト様、まだお気づきになりませんか？　お捜しのふたり……すぐ目の前にいらっしゃるのですが」

「はっ……？　どういう意味だ、ティニー！　ここに並んでいるのは、歴代の偉人たちの石像……だけ……えっ？」

反論しつつもティニーが指差していた石像を眺めていたロベルトが、少し奥まった場所に置かれていた一体に目を留め、言葉を失ってしまう。

それは勇ましい甲冑(かっちゅう)や礼服を身に纏っている他の石像と違い、ありきたりな学園の制服を身に纏った青年の石像。驚き、目を見開いた表情には、ロベルトだけではなくレオンもシャーロットも見覚えがあった。

「まさか……ワイアット様……？」

「そうだ、ワイアット……間違いない！」

震え声でシャーロットが呟いた直後、それを肯定してロベルト王子も叫ぶ。

レオンの脳裏に浮かぶのは、先日、ここで追手を撒くときにエルフ姫が使ってくれた、石化する魔法のことだ。

（まさか……！）

慌てて他の石像も確認し、少し離れた場所にルーカスそっくりのものも並んでいるのをすぐに見つけた。

あまりのことにレオン、そしてロベルト王子もシャーロットも言葉を失う中、ティニーの低い笑い声だけが展示室に響き渡る。

「ふふっ、木を隠すには森の中……エルフの中に伝わることわざです。それに、ここでしたら、静かにご自分の罪と向き合って反省するには相応しいと思いましたので」

「き、貴様……よくもこんな恐ろしい真似をっ！　やはり……俺が感じたとおり、貴様は言い知れぬ闇を抱える、恐ろしい存在だっ!!　このオルファイン王国を……いや、世界に闇を広める悪魔めっ！」

ようやく我に返ったロベルトが、ティニーを指差して怒り叫ぶ。

だが、それにもまったく動じることなく、冷たい笑みを浮かべたエルフ姫は優雅な足取りで距離を詰めてきた。

「確かに、私の中にはそういった恐ろしい力が眠っているかも知れません。ロベルト様、あなたに婚約破棄を告げられ、自分の味方など……思ってくれる人など誰もいないと絶望しかけたとき、胸の奥から湧きあがってくるその力に気づきました」

そこで言葉を止めたティニーは、『でも……』と少し頬を染め、立ち尽くすレオンのほうに目線を向ける。

「私を庇い、助けてくださった……レオン様を想うと、その力は容易く押さえ込むことができました。王子を敵に回してでも、私を守ってくださると堂々と宣言してくださった、愛しいレオン様。こんな素敵な方に婚約者として求めていただけた……その幸せを噛みしめるたびに、闇など一瞬で消えてしまいます」

「ティニー……それなら、どうして……」

レオンも黙っていられず、石化しているワイアットとルーカス――旧友たちを眺めつつ問いかけると、エルフ姫が申し訳なさそうに目を伏せる。

「……申し訳ありません。あなたと過ごす日々が幸せで……それだけはなんとしても守りたい。そう思うと、それを邪魔するものへの怒りが自分でもどうにもならないくらい暴走してしまって……それでも、命を奪うことだけは自制できました。私がこの手を血で汚すようなことがあれば、レオン様を悲しませてしまうと思ったので……」

そういうと、エルフ姫は感情の見えない暗い表情のまま、さらに立ち尽くすロベルトとシャーロットのほうへ近づいていく。

「あとはこのふたりだけです。私を切り捨てた……それはもう、どうでもいいです。それなのに、レオン様まで奪おうとするどこまでも愚かな王子。そして……そんな王子に愛されながら、私のレオン様へ手を出そうとした女の子……見逃せません」

王子、そしてシャーロットを光の消えた瞳で見つめたティニーが、ふたりのほうへゆっくりと右手を向ける。

そこから放たれた黒い霧が床に広がり、先ほどの転移魔法と同じように、足先から少しずつふたりの身体を包み込んでいく。

「くっ、な、なんだ、これは……動けなく……くうう！」

「ま、待ってください、ティニー様！　私、レオン様に手出しなんて……っ……ただ、レオン様に王子のこと……王子の勘違いを解く方法を相談したかっただけなんです！」

動きを封じられてうろたえるロベルトの隣で、半泣き顔になったシャーロットが必死な声で訴え始めた。

「私、王子に声をかけていただいたときは嬉しくて、舞い上がって……それでつい、立場も理解できないまま馴れ馴れしい態度を取っていました！　でも……婚約者がいらっしゃる王子と、それ以上深い関係になりたいなんて思っていなかったんです！」

「なっ……シャーロット、き、君はなにを……？　君が俺を見る目には、あんなにも愛情が溢れていて……そんな……」

シャーロットの思わぬ告白を聞いて、ロベルト王子は顔を青ざめさせてしまう。

自分を一途に愛してくれていると思い込んでいた女性に、真正面からそれを否定されたのだから無理もないことだ。

だが、シャーロットはそんな王子を気遣うこともなく、本心を吐露し続ける。

「確かに、王子様や貴族の子息様との恋愛って憧れました。だから、最初は嬉しかったんですけど、ただのお友達のつもりがどんどん話が大きくなっていって……まさか、婚約破棄まで話が進むなんて思ってもいなかったんです！　私にそんなつもりはないって、ロベルト王子たちに話をしようとしても、いつも取り合ってもらえなくて……どうすればいいのか自分でもわからなくて、レオン様に相談するしかないと……ぐすっ……」

涙ながらに本音を吐き出したシャーロットを、ロベルトは目を見開いたまま呆然と、エルフの美姫は相変わらず感情の見えない暗い目差しで見つめていた。

レオンも初めて彼女の本心を聞いて、改めて自分を責めてしまう。

（もっと早くに俺がその気持ちを聞き出していれば……こんな大きな騒動にならなかったんじゃないか？）

それこそ婚約破棄宣言の瞬間。あのときも、シャーロットはロベルトの予想外の行動にうろたえていることは傍目にも明らかだった。

自分がティニーの婚約者として名乗り出て彼女を連れ出すより、その場で『シャーロットの気持ちはどうなのか？』と問いただしていれば、一方的な愛情で暴走していたロベルトたちの目を覚ますことができたかも知れない。

（そもそも、ロベルト王子がどうしてティニーを邪険に扱っていたのか……その事情を、もっと早くに詳しく聞いていれば……俺は学友として、王子とそういった話もできる関係だったのに……）

そんな単純なことに気が回らず、エルフと王国側の仲介役など、裏で立ち回ることばかりに意識が向いてしまっていた。

レオンがいまさらながら後悔をしている間に、エルフ姫が再び動き出す。

「シャーロットさんの気持ちはわかりました。ですが……もういまさらの話。あなたがその男を本気で奪うつもりだったのかどうかなんて関係ありません」

ティニーのそんな冷たい声に合わせ、ふたりの足下を包んでいた黒い霧が、少しずつ上半身のほうまで広がっていく。

「うわっ、腕も……く、首も動かなく……うぅっ」

「あぅっ……身体、全部石になって……ひいっ、あぁ、た、助けて……くださいっ」

「レオン様と私の未来を邪魔するものは、みんな……必要ありません。仲よく石になってしまえばいい。……いいえ……もうこの世界には、私とレオン様だけがいればいい……そうすれば、誰にも邪魔されない……ふたりだけの幸せな世界が……ふふっ、うふふふふっ……あはっ、はははははははははっ！」

思い詰めたように呟くティニーの声に、狂気を孕んだ笑いが混ざる。

光の消えた瞳を見開き、背を反らして高笑いする姿は、ゲーム内で『終末の魔王』として覚醒した彼女の姿を彷彿とさせるものだ。

それを見て、自己嫌悪に沈んでいたレオンは我に返る。

いまは失敗を悔やむより、まだギリギリ間に合う、最悪の結末を止めることに全力を尽くさなければいけない。

この第二の人生で、平穏な暮らしを求めていた自分のため。

なによりも、二度の人生を通じ、初めて心から愛した人のために――。

「ティニー、やめてくれっ！」

石化の魔法を完成させようとしていたエルフの美姫の背中を、レオンは飛びつくような勢いで抱き締めた。

細くくびれた腰に手を回し、服越しにもはっきりと体温が感じられるくらいの強さで抱き締めて、耳元で訴える。

「お願いだ！　もうこれ以上、君が……俺の一番大好きな人が、誰かを傷つけたり苦しめる姿を見たくないっ‼」

「レ、レオン様……んっ……見られてるのに、こんなに激しく、抱き締められて……わ、私、あの……はぅ……」

普段控え目で冷静なレオンの情熱的な行為に、暴走していたティニーは羞恥で我に返ったらしく、顔を真っ赤にして動きを止めた。

魔法の構築もそれで崩れたのか、ロベルト王子とシャーロットを包んでいた黒い霧も綺麗に消え去り、ふたりの身体も元通りになっている。

「ごめん……俺がもっと早く動いていれば……ティニーをこんな風に苦しめずに済んだかも知れない。全部、俺が悪い……」

「そんな……レオン様は私を救ってくださいました！　謝ることなんて、なにもありません。私が、レオン様の気持ちも聞かずに勝手な真似を……」

「……もういい、大丈夫……大丈夫だから」

レオンはそんなティニーを抱き締めたまま、覚悟を決める。

侯爵家の子息ふたりをこんな形で捕らえ、さらに王子まで手にかけようとした。

ここまでの騒動を起こしてしまったら、さすがにティニーをまったくの無罪として庇い続けることも難しくなるだろう。

だが、レオンはすべてを投げ捨てて彼女のために生きると決めた。

その決意を噛み締め、小さくうなずく。

「はぁはぁ……た、助かった……のか？　はは……レオン、よくやった！　ようやく、その高慢なエルフの姫の恐ろしさに気づいたんだな！　やはり、お前は俺の学友だ‼」

震えながら、まだ懲りることもなくティニーを罵倒してそんなことを言い放つロベルト王子を、レオンは無言で睨みつける。

「ティニー……ここは、俺に恰好つけさせてくれ」

「レオン様……？」

レオンは少し戸惑い気味のティニーへそう告げて身体を離し、王子へ歩み寄り――。

バキッ！

「ぐはっ……」

その顎を撃ち抜く、強烈な右のフックをお見舞いしてしまった。

温厚で腕っ節に自信がないレオンがそんな真似をするなど、殴られたロベルト王子も、見守るティニーやシャーロットもまったく予想していなかっただろう。

不意打ちを食らったロベルト王子はその一発で意識を飛ばされて床に倒れ伏し、隣にいたシャーロットは訳もわからずただうろたえている。

「……穏便に解決しようとか……そんなこと考えず、もっと早く王子を止めていれば、彼女をこんな風に暴走させることもなかった」

レオンは自分を戒めるように呟き、続いてシャーロットを一瞥する。

「シャーロット嬢、君の事情は理解した。でも、王子たちが本気になってきていると気づいたなら、その段階で本人たちにいうか……それが無理なら、学園の先生やそれこそティニーにでも相談すべきだった。そうすれば、ことを荒立てずに無事まとめることもできたはずだ。……王子やワイアット、ルーカスをここまで暴走させたのは君の責任だ。ただ嘆いているだけじゃなくて、どうするか、今度こそ自分でしっかり決着をつけてほしい」

「あ……あの……はい……」

いつになく厳しいレオンの目差しと言葉に、シャーロットも少し気を引き締めたのか、硬い表情でうなずく。

（彼女は、ゲームの中では『終末の魔王』とやり合って世界を救った、あの頼もしい『メインヒロイン』なんだ。こうして気持ちにスイッチが入ったなら、ちゃんと自分がやるべきことをやってくれるだろう）

　これで後のことは心配ない。

　そう吹っ切れたレオンは、改めてティニーのもとへ歩み寄る。

「ティニー、ワイアットとルーカスの石化も解いてくれるか？」

「は、はい、レオン様がそれをお望みなら。あの……」

　ティニーが戸惑いながらうなずくと、レオンは苦笑しつつ、まだ倒れたまま起きあがれない王子を一瞥した。

「俺も王子をぶん殴っちゃったし、ティニーと仲よくお尋ね者だな。だから……よかったら、俺と一緒に逃げてくれないか？」

「えっ？」

「どこへいくことになっても……必ず、ティニーを幸せにする。だから、俺を信じてついてきてほしい……いいかな？」

　驚くエルフ姫へ再度問いかけると、光が消えていた彼女の瞳に大粒の涙がじわじわと湧き出てきた。

「は、はい……レオン様と一緒なら、どこへでも……」

「……決まりだな。じゃあ、シャーロット嬢、すまないけど王子と……後、元に戻ったワイアットとルーカスの世話は頼むよ！　あと、陛下にも言伝を。レオンはこの騒動の責任を取って、自主的に国を出ていきますって！」

「あの、レオン様、本気で……あ、あのっ……」

レオンは戸惑うシャーロットの返事を最後まで聞くことなく、ワイアットとルーカスへ石化を解く魔法をかけ終えたティニーの手を掴む。

「魔法、頼んでもいいかな？　転移の魔法で、街道の外……いけるところまで」

「はい、レオン様」

ようやく普段の穏やかな笑顔を取り戻したティニーが、右手を掲げる。

そこから放たれたのは先ほどまでの黒い霧とは違う、淡い光。

それに包み込まれたふたりは——そのまま、あっという間に姿を消してしまった。


「はぁ……それにしても……やっぱり、俺の失敗だよな……」

街道沿いにある、とある宿場町。町々を行き交う商人たちが使う粗末な宿の一室、粗末な椅子に腰掛けたレオンは、改めて自己嫌悪していた。

自分がゲームで得ていた知識を使って積極的に動いていれば、話がこんなにこじれることもなく、もっと穏やかな結末を迎えていたかも知れない。

その考えをどうしても脳裏から振り払えず、肩を落としてしまう。

「そうすれば、婚約破棄騒動も避けられて……ティニーも、こんな風に逃亡生活なんかに連れ出さなくて済んだかも……あー……本当にこれでよかったのか……？」

勢いでこうして飛び出してきたが、オルファイン侯爵家の子息とエルフの姫君が手を取り合って逃げ出した――しかも王子や他の侯爵家の子息に危害を加えて――となれば、さすがに追手もかかるだろう。

どうすれば、ティニーを守れるか。どうすれば平穏に解決できるか。

一応、自分に恩義を感じてくれているエルフ側の重鎮に心当たりはあるので、そういった人たちに仲介役を頼むために領地へ向かうことを決めたが、そこへたどり着くまでに捕まらずに済むかどうか。

悩みは尽きないし、そんな考えるだけで胃が痛くなるような逃避行に、愛しいエルフ姫を付き合わせることを申し訳なく感じる。

「俺なんかじゃなくて、ロベルト王子の婚約者のまま、王都で平穏に暮らせていたほうが幸せだったんじゃ……」

ついそんなことを呟いてしまった刹那、一気に部屋の気温が下がったような寒気を覚えて、ブルブルと大げさなくらい震えてしまった。

「レオン様……なにかおっしゃいましたか？」

ハッと気づいて振り返ると、買い出しにいっていたエルフ姫がいつの間にか戻ってきていて、入り口辺りに立ってじっとレオンを睨んでいる。

その瞳からはまた光が消えていて、先ほど、ロベルト王子を追い込んでいたときに勝るとも劣らない迫力を感じる。

「あ、い、いや、いまのは……その……」

せっかく鎮まっていた彼女の中の闇を、また刺激してしまった。

うろたえながらも宥めようとしたレオンだったが、エルフの美姫はそんな婚約者の姿をしばし睨み続け——そして、苦笑を浮かべる。

「私のことを気遣ってくださるのは嬉しいですけど……一番、大切なことをレオン様は忘れています」

そう呟きながら歩み寄ってきたティニーは、おもむろにレオンを背中から抱き締める。

胸の双丘が背中全体を覆うくらいにギュッと押しつけ、右の耳元に唇を寄せ、悪戯っぽくそこを甘噛みしてきた。

「くぅっ、うう！　ちょ、そ、そこはくすぐったいって……あははは っ」

「んっ、ちゅっ……ふふっ、せっかくレオン様とふたり、楽しい旅が始まったばかりなんですから……そんな風に笑っていてください」

耳たぶを舐められるむず痒さに笑い出したレオンを、ティニーは愛しげに見つめる。

「ご、ごめん。その……いろいろ考えちゃって……」

「そういうところがレオン様の優しさですけど……ですが、これだけは覚えておいてほしいんです。私はロベルト王子との婚約は、『エルフの姫』としての義務感のみで受け入れました。そこに私自身の気持ちは一切ありません……私が初めて愛しいという感情を抱いた男性は……レオン様、あなたです。あなただけです」

エルフ姫はレオンの耳たぶを愛しげに甘噛みしながら、思いを熱く囁く。

吐息に耳の穴をくすぐられながら告げられるそんな告白は、全身がくすぐったくなるような羞恥と悦びを感じさせてくれた。

思わず顔を真っ赤にしてしまうレオンを、ティニーは恍惚と蕩けた目差しで見つめ、さらに言葉を続ける。

「ありがとうございます、レオン様。私はあなたのおかげで、ひとりの女として、本当に愛しい人と添い遂げる喜びを、幸せを知ることができました。それに比べれば、どのような苦労も困難も些細なこと……私は……いえ、私たちなら、きっと乗り越えられるはずですから。だから……んっ……ちゅっ、はぁ……心配しないでください」

「ああ……んっ、ご、ごめん……くっ、はぁ……はぁ……あの、ティニー、わかったから……そろそろ、それ……くぅっ……これ以上されると……んんっ！」

耳の穴まで細く丸めた舌先で突くように舐められ始め、くすぐったさと頭の中まで蕩けていくような心地よさを我慢できなくなってきた。

ズボンの中では屹立が勢いよくふくらみ始め、もう苦しくなってきている。

「ふふっ、駄目です。私をこんなに本気に……レオン様以外、なにも見えなくなるほど夢中にさせてくださったのに……いまさら、それを後悔するようなことを言っていたんですから。もう少し、お仕置きをさせてください」

エルフ姫は悪戯っぽい口調でそう囁くと、右手を軽く掲げる。

その指先から淡い光が放たれ——次の瞬間、ふたりが身につけていた衣服が、まるで煙のように一瞬で消えてしまった。

「うわっ、え、これ……ふ、服、どこに……ええっ⁉」

下着まで消えて全裸になったレオンは、驚いて反射的に立ちあがろうとする。

——だが、どういうわけか尻が椅子に張り付いてしまったかのように、まったく腰を浮かせることができない。

「あ、あれ……？　どうなって……ティニー、まさか……」

「はい。ふふっ、レオン様はそこに座っていてください。そのほうが、『お仕置き』しやすいので……ふふふっ」

こんなことができるのは魔法しかないとレオンが問いかけた直後、同じく一糸纏わぬ姿になったエルフの美姫が彼の正面に回り込み、恍惚と微笑む。

まるでスイカを並べたように大きく形のよい双乳、髪と同じ新雪のごとく美しい銀色の茂みに覆われた下腹部と、その奥に少し見えている真っ直ぐな蜜裂。

どうしても目を奪われてしまう魅惑の場所を隠すこともなく、堂々と立ったまま光の消えた瞳でレオンを見下ろしてきていた。

「んっ……お、お仕置きって……なにを……？」

レオンは少しの恐怖、そしてそれをはるかに凌駕する期待に胸を震わせつつ尋ねる。

「ふふっ、どうしましょうか？　私から離れるなんて言い出さないように、石にしてずっと傍に置いておく……なんて」

ティニーは冗談っぽく呟きつつ、椅子から立ちあがれないレオンの目前に屈み込む。

ちょうどその目の前、あらわになっている屹立は先ほどまで続いていた執拗な耳舐めに反応し、表皮に血管が浮かんで見えるほどの勢いで勃起していた。

エルフの美姫は嬉しそうに長い耳をひょこひょこと揺らし、躊躇うこともなく鼻先が触れるギリギリのところまでその肉槍に顔を近づけていく。

「そんなことはしません。愛しい愛しい……この世で一番愛しくて大切なレオン様を傷つけるようなことなんて。でも……もう少し、面白いことしてみましょうか」

エルフ姫がそう呟きながら右手の指を鳴らすと、いきなりレオンの視界が遮られた。

「うわっ、これ、どうなって……えっ……う、腕も……」

視界が奪われて困惑している間に、腕が意志と関係なく椅子の後ろに回り、そのまま縄のようなもので手首同士を固く縛り付けられてしまう。

「心配なさらないでください、魔法で目隠しをつけて……後は、邪魔ができないように手も縛らせていただいただけです。……ふふっ、これでレオン様はなにをされているかもわからないまま、私にお仕置きされるだけ……ドキドキしませんか？　ふーっ！」

そこで言葉を止めたティニーは、熱い吐息を亀頭へ断続的に吹きかけてくる。

赤黒く張り詰めた先端部分をくすぐられるようで、レオンはじっとしていることもできずに情けなく腰をくねらせてしまう。

「ひっ……こ、これ、息、吹きかけて……くっ、ああっ」

「レオン様のおちんちん、とても敏感ですね。ふふっ、いいんです、そのほうが。とってもご奉仕のし甲斐があって……私も身体が熱くなってしまいます」

そう赤々と火照る頬を緩めたティニーは、息だけではなく舌も伸ばし、すでに透明の先走り汁が溢れ始めていた鈴口をチロチロと舐め始めた。

穴口を中心に少しずつ唾液を塗り込まれ、濡れたそこにまた吐息を吹きかけられると、さらにくすぐったい刺激が強くなっていく。

「あぐっ……ううっ！　ティニー、そんなに焦らさないでくれ。それ……ううっ」

「んっ、ちゅっ……はぁはぁ、ふふっ、レオン様が意地悪なことをおっしゃるから……ですから、レオン様が決して私から離れないように……んちゅっ、気持ちよく……どこまでも私の身体に溺れていただきます。ほら……次はここ……いかがですか？」

我慢できず荒く息を切らし始めたレオンを、銀髪のエルフ姫は一度身体を離してから恍惚の目差しで見あげる。

そのまま自らの両手で胸元——荒くなってきた吐息に合わせて揺れる爆乳を、持ちあげるように掴んだ。

指を深く食い込ませ、まるでパン生地をこねるように揉み潰す。

「……ティニー……な、なにをしてるんだ……？　ここって……その……」

目隠しをしているレオンは、ティニーがなにか身じろぎしている気配は感じるが、具体的になにをしようとしているのかまではわからなかった。

（やばい……なにをされるかわからないって、本当にドキドキする……）

危害を加えられることはない、ただ甘く、心地よく責められるだけ。

そんな安心感もあるので、純粋にこれから与えられるであろう未知の悦楽に対しての期待が胸いっぱいにふくらみ、感度も否応なしに高まっていく。

「なんでしょう？　ふふっ、正解は……これ……んっ……レオン様の大好きな、私のここで……おちんちん、慰めて差し上げますね」

エルフ姫は楽しげに声を弾ませながら、掴んだ乳房をグッと左右に広げる。

そして、深い谷間に真っ直ぐそそり立つ剛直を挟み込んでいった。

「うおっ……あぅっ、くうう！　これ……む、胸……？」

肉棒全体が弾力ある熱いふくらみに挟み込まれ、その初めて味わう快感にレオンは思わず情けない声をあげてしまう。

「んっ、おちんちん、とっても熱い……火傷してしまいそうなくらい……はふっ、んっ、たくさん興奮してくださってて、んっ……はぁ、はふぅ……」

早速息を荒く切らし始めたレオンを見あげたまま、ティニーは掴んだ乳房を縦長に潰れるほど中央に寄せ、谷間の肉棒を圧迫してきた。

少し火照って汗ばんだ乳肌が、唾液やカウパー腺液で濡れていた幹竿へ吸いつくように張り付き、密着する。

「はぁっ、はぁ、これ……んっ、やば……いっ、あぁっ、くううっ！」

見るだけでいつもドキドキしてしまっていた、エルフ姫の形よい爆乳。

いままで手で揉んでその弾力を味わったことはあったが、もっとも敏感な肉槍で感じると、その心地よさはまさに極上のものだった。

「ふふっ、見えないとその分、他の感覚が鋭くなると聞きますけど……本当みたいですね……んふっ、はぁ、もっと……もっと気持ちよく……蕩けてしまってくださいね」

エルフ姫は情けなく声をうわずらせるレオンを愛しげに見つめ、身体を上下へ揺さぶるようにして乳房で挟んだ剛直をしごき始めた。

乳肌が幹竿の形をなぞるように柔らかく形を変え、全体を撫でこする。

「くううううっ！　うっ、あぁっ、これ……うっ、おおっ……」

膣内や口のような生暖かく蕩けるような感触とは違う、弾力のあるずっしりと重いふくらみで全体を摩擦されるのは、思わず声をこぼしてしまう気持ちよさだ。

見えなくても、柔らかなふくらみが柔軟に形を変え、自らの怒張を隙間なく包んでしごいてくれているのが、感覚だけではっきりわかる。

ニチュッ……クチュッ……ヌッチュッ……。

しばらくその動きが続いていると、谷間から水気を帯びた音が漏れ始めた。

「はぁ、んふっ、はぁんっ、あぁ……あは、レオン様のおちんちんのお汁、いっぱい溢れて……私のおっぱいの谷間、ヌルヌルです……はふぅ、おっぱいにも、レオン様のお汁でマーキングされて……んっ、あぁっ、いいっ、このにおい……レオン様のおちんちんのにおいぃ……はひっ、はぁ、嗅いでいると、それだけで頭の芯が痺れてぇ……もっ、くううっ、はぁ、はぅっ、はぁ、あは……あはぁっ！」

乳肌と幹竿へ塗り伸ばされていくカウパー腺液のにおいに、ティニーはまるで火酒でも呷(あお)ったかのように顔を真っ赤にして恍惚と蕩けていく。

左右の乳房を掴む手にも自然と力が入り、ギュッとかなり乱暴に揉み潰して形を崩しつつ揺さぶるリズムに変化をつけ、挟んでいる肉棒をこね回すように刺激する。

「はぐっ……あっ、こ、これ……なんだ……この感じ……くっ、ううっ！」

想像もできないほど激しくなってきた乳房奉仕の動きに、それを見ることができないレオンは、ただ強くなる快感に合わせて悶絶するしかない。

雁首が乳房に深く食い込んで弾かれ、汗ばんでぴったりと張り付いた乳肌に裏すじをべロッと舐められるかのごとくこすられる。

そのたびに幹竿全体が快感を訴えるようにビクビクと震え、根元から湧きあがってくるカウパー腺液の量も増えてきた。

「んふっ、はぁ、凄い……んっ、いっぱいお汁溢れて……グチュグチュッ、エッチな音がしています。んっ、もっと……もっと濡らして、激しく……んちゅっ、はぁ、れろれろぉ……んちゅっ、はぁ、ちゅっ、んっちゅううっ!!」

エルフ姫は悶えるレオンをさらに追い込もうと、谷間から頭を覗かせていた亀頭へ舌を伸ばし、穴口をチロチロと執拗に舐め始める。

さらにたっぷりと唾液を滴らせ、それをカウパー腺液で濡れた胸の谷間に垂らし、ローション代わりにして動きを速めていく。

グチュッ、ヌッチュウウッ、グチュグチュッ、ニチュッ！

「くううっ、やばっ、ああっ……で、出る、もうっ、俺……あああっ！」

胸の奉仕だけでも限界が近かったのに、その上、爆発寸前の亀頭を舐め回される蕩けるような刺激も加わり、レオンは意識が遠のくほどの快感に飲まれてしまう。

――だが、もう少しで根元にこみあげてきている熱いものを吐き出せそうだった刹那、あんなに激しく揺さぶられていた乳房の動きが止まってしまう。

「えっ……あっ、ど、どうして……んっ、うぅっ……」

なにも見えないままのレオンは、ティニーになにかあったのかと少し心配になる。

だが、次の瞬間、彼女の楽しげな笑い声が聞こえてきた。

「ふふふっ、駄目です。これ以上気持ちよくなりたいなら……ちゃんと、約束してくださいね。もう二度と、過去のことを振り返ったりしないで……私を愛し続けてください」

ティニーは動きを止めたまま、レオンへそう訴えてくる。

その間もかなりゆったりとしたリズムで乳房を揺さぶり、時々、舌先で亀頭を突いて刺激してきたりと、絶頂寸前のレオンを焦らしつつ追い込んできていた。

「はぐっ……そ、それは……ああ、認めるっ、んんっ！　ティニーは……お、俺の婚約者だ。ずっと……ずっと愛し続ける……から……くっ、はぁはぁっ」

とてもじっとしていられないほどのもどかしい感覚に腰をくねらせつつ、レオンは息絶え絶えで訴える。

こうして追い詰められるまでもなく、もうその覚悟は決まっていた。

だから、躊躇いなくはっきりと宣言することができたのだが、ティニーはそれだけではまだ満足してくれない。

「んっ、あんんっ……もっと……もっと愛してると言ってください！　はぁ、はぁ、レオン様に愛していると言われるたびに、全身が震えてしまうくらいの喜び……感じてしまって……はふっ、あぁっ、嬉しいっ、とても……んっ、はぁはぁっ、ああっ」

「はぁはぁ、あ、愛してる……ティニーのこと、愛してる！　だから、ずっと……ずっと一緒に……くっ、あぁっ、ティニーのおっぱい……舌も気持ちよすぎて……もうっ、無理だ……我慢、できないからっ……はぁはぁっ、ううっ……出したいっ、このまま、全部出したい……くうううううっ！　愛してる……ティニー……愛してるからっ！」

まだ焦らし続けるエルフの美姫へ、レオンは意識朦朧としながら必死に愛を叫ぶ。

なにも見えない中、乳房に包まれたまま決定的な刺激を求めて震える肉槍の感覚だけがくっきりと浮かび上がっていて、もう射精することしか考えられなくなる。

そんな限界を迎えて息を切らすレオンを見つめ、ティニーはようやく満足したかのようにうなずき、より強く乳房を揉み寄せてきた。

「はいっ、んっ、出してください！　このままいっぱい……いっぱい、私のおっぱいに出して……んちゅっ、はぁ、あぁ、愛しいレオン様のお汁で、私のおっぱい、顔……全部、証を刻んでください！　婚約者のっ、お嫁さんの証……はひっ、んっちゅっ、ちゅっ、んちゅうううっ、れろっ、はぁ、はんんっ‼」

ティニーは丸めた舌先を肉槍の先端へ押し込むように刺激しつつ、揉み潰した乳房で幹胴を激しくしごき、吐精を促してくる。

　カウパー腺液や唾液で濡れた胸の谷間で、竿を根元から先端に向かってしごかれるたびに強烈な刺激がレオンの脳天まで響いてきて、射精衝動が勢いよく弾けた。

「はぁはぁっ、ううう、で、出る……出るっ、あああ！」

　ドビュウウウッ、ビュブリュウウウッ、ビュビュビュッ、ドッビュウウウッ！

　肉棒は圧迫してくる乳房を押し返す勢いでふくらみ、ティニーの舌先で丁寧に舐め解された先端から真っ白な熱液が迸った。

「はぅうううっ、んん！　あはぁっ、はぁ、ああ……凄い……いっぱいっ、いっぱい出てます、レオン様のお汁ぅ……はぁはぁ、はひっ、くうううっ……んっ」

　恍惚と頬を緩めるエルフ姫は、震えながら吐精する肉棒を執拗に乳房でしごき続け、際限なく出てくる白濁をうっとりと浴び続ける。

　火照る頬、額、首すじ、そして揉み潰した乳房。

　上半身のあちらこちらにドロドロの熱液が飛び散り、その感触だけで身震いしながら恍惚と達してしまっているようだ。

「んふぅ……はぁ、このにおい……んんっ、あぁ……レオン様のにおい、全身に染み込んで……はふっ、はぁはぁ……レオン様のものになっていく感じ……好き……好き、大好き

ですっ……これ……好き……もっともっと……もっとぉ……んんんっ！」

感極まったように声を震わせながらも乳房を揺さぶり続け、脈動する肉棒から最後の一滴まで残さず貪欲に白濁をしぼり取ろうとしてくる。

「うあっ、ああ……ちょ……ちょっと待って。もう全部出たから……うっぐっ……」

射精を終えた剛直を執拗に刺激され、レオンはそのくすぐったさに悶絶し、落ちつきなく背すじをくねらせ続けていた。

それでもすっかりにおいと感触に酔いしれているティニーの動きは止まらない。

「もっと……もっと。もっとレオン様の愛、感じたいです……んっ、そう……おっぱいや顔だけじゃなくて、もっと……身体の奥ぅ……」

切なげに声をうわずらせたティニーが、右手の指をパチンと鳴らす。

それだけでレオンの目隠しと、縛り付けていた見えない拘束が一瞬で消えた。

いきなり自由になって戸惑うレオンへ、すっかり昂ぶりに火がついたエルフの美姫は勢いよく抱きついてくる。

「レオン様、我慢できないです、私……婚約の……結婚の証、いますぐお腹にほしい……子宮にもレオン様のお嫁さんになった証、すぐにほしいんです！」

「そ、それって……その……んっ、うわ、ちょ……ちょっと……」

迫られたレオンは椅子から立ちあがって後ずさりして、そのまま部屋の片隅に置かれたベッドへ追いやられていく。

抱き合ったままそこへ座り込む。

レオンが体勢を整えている間に、すっかり火がついたエルフの姫君は軽く腰を浮かせ、早くも次の行動に取りかかっていた。

「きてください、レオン様……んっ、レオン様とひとつに……はぁはぁ……ずっと、ずっとひとつになって……はふっ、はぁ、あんんっ！」

ヌチュッ……グチュゥッ、ズブブブブゥッ！

「くうううっ、はぁ……うっ、あああっ、ちょ……ちょっと待って……もう、入って……うううっ、はぁはぁっ、あっぐっ……」

亀頭にヌルヌルと蕩けた肉ビラが触れたと思った直後、そのまま熱く火照る肉壺の中へ怒張が飲み込まれていった。

ティニーの張りがある尻房がふとももにこすりつけられ、同時に亀頭が行き止まりの肉室に食い込んでしまう。

「はふっ……んっ、あぁ、レオン様……やっぱり、こうしてひとつに繋がっているのが一番落ち着きます。レオン様の温もり、鼓動……すべてを近くに感じられて……はぁはぁ、くはぁ、はぁ……ひとつに……愛しい人とひとつになっている悦び……んっ、あぁ」

光の消えた瞳をうっとりと細めて悶えるティニーは、レオンの腰に腕を回してしっかりとしがみつき、絶対に離れないと全身で意思表示してきていた。

その合間も休みなく背すじをくねらせ、膣壺いっぱいに埋まっている肉棒を肉壁にこすりつけて感触を楽しんでいる。

「ティニー……だ、大丈夫……本当に、もう……弱音を吐いたりしない。俺も、自分の気持ちに従う……ティニーとずっと一緒にいるから、どんな手を使ってでも……」

圧倒され、思わず寒気を感じてしまうほどの強く、重すぎる愛情。

レオンはそれを必死に受け止め、改めて決意を告げる。

(自分が『モブキャラ』とか……国の関係がどうとか……もう、気にしない。俺は好きな人の……ティニーの幸せだけを考えて生きていく！)

こんなにも情熱的に求めてくれる美姫に、全力で応えたい。

その思いが身体にも表れているのか、息苦しいほど窮屈に締めつけてきている膣壺の中で、怒張がまた勢いよくふくらみ始めた。

「くふぁあっ、はぁ、んっ……あぁ、レオン様のおちんちん、大きくなって……はひっ、あぁ……私のこと、愛したいと言ってくださっていますっ。ここぉ……お腹の奥、子宮に熱いもの出して……精液、赤ちゃんの素出して……んぅっ、夫婦にっ、赤ちゃんたくさん作って、幸せな夫婦になりたいです。んっちゅっ、はぁ、好きっ、好き好き好き好き好き好き好き……好きですっ、レオン様ぁっ、もっと……んちゅっ、もっとぉ！」

ティニーは顔を近づけ、啄むようにキスを繰り返しながら腰を振り出す。

グチュゥッ、ズチュウウッ、ズブズブゥッ、ヌッチュッ、ズブブッ！

形よい尻房をレオンの膝で弾ませ、弛み揺れる乳房を胸板へこすりつけるようにしてしがみついたまま、リズミカルに全身を揺さぶる。

卑猥な水音を響かせながら、肉槍が狭まる膣内を素早く前後に往復し、結合部から泡立つ蜜汁が大量にかき出され、ベッドのシーツへ飛び散っていく。

「ひぅぅっ、くううう！　はぁっ、あんぅっ、レオン様……レオン様ぁっ、んちゅっ、好き……もっとっ、もっと愛してください。レオン様に愛される……それだけで、私、幸せ……それだけが私のすべてなんですっ、んっちゅっ、じゅるるっ、はぁ、好きっ、しゅき……はひっ、んっちゅっ、ちゅぱちゅぱっ、ちゅううう！」

火がついたエルフの美姫は唇同士を触れ合わせるキスではもう満足できず、舌を挿し入れて絡ませ、熱心に唾液を分かち合いながら悶え叫ぶ。

「んっぐっ、ちゅっ、はぁ、ちゅっ……ティニー……んっ、俺も、好き……愛してるよ。

んっ、ちゅっ、ちゅっ……はぁはぁ、ティニーのことが……好きだ。もう、絶対に離さないから……んちゅっ、はぁ、好きだ。ティニー……ちゅうっ！」

レオンも素直に自らの愛情を訴えつつ、積極的に舌を絡めていく。

部屋の中にはふたりが唾液を分かち合う水音、そして激しい抽送の音が響き渡り、甘く淫靡な雰囲気が盛りあがっていった。

「はぁっ、はひっ、あぁ、嬉しい……んふっ、はぅっ、ちゅっ、んん！　レオン様に愛していると言われるたびにっ、もうっ、私……イィッ、すぐっ、イッ……ひぐぅっ、ひ、はひぃいいいっ、んっちゅっ、じゅるるっ、ちゅううっ！」

エルフの美姫は舌を絡めて唾液を啜るたびに、腰を思い切り落として膣奥を肉槍で強く突かれるたびに、大きく背すじを仰け反らせて絶頂に達していた。

そのたびに膣壁が生き物のように蠢き、出入りを繰り返す肉竿に絡みつく。

亀頭が舐め回されるかのようにこすられ、雁首の裏が弾かれる。

裏すじ部分や根元の辺りも蠢く肉皺にくすぐられ、レオンも少し気を緩めるとすぐに意識が遠のいてしまいそうな、狂おしい昂ぶりを感じ続けていた。

「んっちゅっ、はぁはぁ、ティニー……んちゅっ、俺もそろそろ……んくっ、はぁ、出る……出すよ、ティニーっ！」

「はいっ、んっちゅっ、ほしいですっ、れろぉ……はぁはぁ、レオン様と私の赤ちゃん。ほしい……んちゅっ、ほしいですっ、れろぉっ、じゅるるっ、はぁはぁ、お腹にレオン様と私の愛の結晶、授かるぅ……はひっ、んん！　らめぇ、想像するだけで、幸せすぎておかしくなりゅっ、なってぇ……ひぃっ、くっひぃっ、いいいいい！」

膣内に熱い白濁を注がれ、妊娠する。

それを想像するだけで、エルフの美姫は表情を蕩けさせ、歓喜に身悶（みもだ）えた。

膣壺全体がそれをねだるように大きくうねり、肉棒がただの摩擦ではなく、まるで吸いしゃぶられるかのごとく刺激される。

「はぁはぁ……これ、気持ちよすぎて……うぅっ、あぁっ、で、出る、もう……」

「はぁ、はひっ、出してください、レオン様ぁっ、好き、好き好き好き好きぃっ、あは、大好きなレオン様の精液でイクぅっ、赤ちゃんの素でイクっ、イクイクぅっ、はひっ、赤ちゃん孕んでイクぅっ、イクぅっ、ひぃっ、はひいいいいいいっ！」

感極まって、狂おしく喘ぎ叫ぶエルフの美姫。

声に合わせて膣壺も断続的に狂おしく狭まり、その圧迫感に、レオンも下腹部が爆発したかのような鮮烈な快感に襲われた。

ドッビュウウウウウウウウッ、ビュブウウッ、ビュルルゥッ、ビュビュゥッ！

「ひゃぅっ、ふぁあああっ、あはっ、イッ……んんくぅっ、はぁ、くふぁあああっ！　ああぁあっ、出てますっ、いっぱい……お腹に熱いのぉっ、レオン様の精液……あはぁ、子宮に入ってきてるぅっ、んん！　イッ……んくぅううっ、あはぁ、レオン様の赤ちゃん、孕んでイッてりゅっ、はひいいいっ、イクイクぅっ、んふううううっ!!」

力強く脈打つ肉棒から精液が迸るのに合わせ、ティニーは大きく全身を震わせて、絶頂の叫びをあげる。

キュッときつく窄（すぼ）む膣口からは、注ぎこまれる熱液の残滓が勢いよく噴き出ているが、それでもまだまだ長い射精は終わらない。

「はぁはぁ、まだ出せる……もっとっ、もっと！　ティニーに俺の赤ちゃん、孕んでほしいから……くっううう！」

愛しい人に求められているのだから、しっかり孕ませ、愛の証を授かりたい。

レオンもそんな強い想いを噛み締めつつ下腹部に力を入れ、すべてを注ぎ込む勢いで射精を続けていく。

愛する婚約者、自分を一途に求めてくれる美姫を本気で孕ませるための射精は、いままでに味わったことのない幸せと悦楽を与えてくれた。

「はひぃっ、あぁ……お腹、熱いですぅ……レオン様の愛情……たくさん、たくさん感じ

てぇ……んっちゅっ、はぁはぁ、幸せ……れろぉっ、ちゅっ、んっちゅっ」

まだ名残惜しげにビクビクと痙攣する肉棒の動きに合わせ、恍惚と微笑むエルフ姫は甘えるように舌を絡めてくる。

「んっちゅうっ、じゅるぅっ……ちゅっ、はぁ、はぁ……ティニー……んっ……絶対、幸せにするから……じゅるるっ、ちゅううっ」

レオンもティニーをしっかりと抱き締めたまま舌を絡めて応え、甘ったるい余韻の時間をゆっくりと分かち合う。

(これで……よかったんだよな)

うっとりと自分にしがみついたまま蕩けている美姫を見ていると、レオンは改めてそう思えるようになった。

もう後悔したりはしない、それよりも彼女を幸せにするために動き続けよう。

(頑張らないとな、いろいろと。……いつまでもふたりで逃避行なんて、そんな落ち着けない生活じゃ幸せになれないしさ)

ふたりの婚約を正式に認めてもらうこと。

ロベルト王子やワイアット、ルーカスに対してしでかした事件の対応。

方々を駆け回り、解決しなければいけない問題は山積みだ。

　だが、いま、自分の腕の中で蕩けている愛しいティニーのためだと思えば、いくらでも力が湧いてくるような気がする。

「レオン様……もっと、もっと強く抱き締めてください。ずっとこのまま……はふぅ、愛してます、レオン様……んっ、はぅ……」

「はは……ずっとはちょっと難しいけど……でも、このまま、もう少し……ティニーが満足するまで……」

　レオンは誰よりも愛が重く深いエルフの美姫を抱き締めたまま、明日からの忙しい日々を乗り切るための英気をしっかりと養うのだった――。

エピローグ　ヤンデレエルフの奥さんに愛されすぎる毎日

「ああ、エルフの間では、こういう大事な取り決めの際には苗木を送り合う風習があるんですよ。あらかじめ用意しておいたほうがいいでしょう」

「わかりました。ありがとうございます、大使殿。まだまだ本国から赴任したばかりの私たちでは、わからないことが多くて……いつも助かっています」

大げさなくらい深々と頭を下げる青年に、大使と呼ばれた少し年下の青年――レオンは少し照れ笑いを浮かべながら首を横に振って返す。

「はは、まあ俺はエルフの方々との付き合いが長いので……さてと、それではこの書類は俺があちらの事務所に届けてきます。ついでに、いくつか打ち合わせもあるので」

それくらいのお使いは自分たちが……と申し出てきそうな周囲の職員たちへそう説明しつつ、レオンは外へ出ていく。

(……ここの風景にも、すっかり慣れてきたな)

巨木が数え切れないほど並ぶ、深い森の中。その幹の部分がくり抜かれ、中に様々な居住スペースが作られている。

ここは、エルフたちの里である大森林。

ティニーとロベルト王子たちが衝突したあの騒動を契機に、レオンは『オルファイン王国大使』という肩書きでここへ移住してきたのだ。

（我ながら、上手く話をまとめることができたもんだよ）

侯爵家の子息ふたりを石にして監禁していた上に、王子にまで手をかけようとした。

ティニーの凶行はさすがにオルファイン王国側でも大きな問題になったのだが、エルフの美姫と堂々と幸せな日々を過ごすという目的のため、レオンは胃がいくつあっても足りないような難しい交渉をいくつもこなし、どうにか穏便な決着を掴んだ。

ロベルトとティニーの婚約は、ロベルト側の責任ということで破棄に。

その代わりに三大侯爵家の一角、クライブ侯爵家子息であり、オルファイン王国側でエルフたちからの信頼がもっとも厚いレオンが婚約者になる。

大きな騒動を起こしたエルフ姫を引き続き王国に滞在させるのはさすがに難しく、エルフの里へ戻ることに。

そしてレオンは大使に任命されてティニーに同行し、二種族の友好のため、日々忙しく働き続けているのだ――。

「えーっと、この書類はこういう感じでまとめ……うん、それで大丈夫ですよ」

「ありがとうございます。人間の書類って、いろいろ決まりが多くて難しくて……レオン様って教え方も上手なので、本当に助かります♪」

書類を届けたエルフ側の事務所でも、職員の可愛らしいエルフの娘たちに事務作業を教えてあげたりして、いつも感謝されている。

「本当、レオン様はこっちの文化にも詳しいし、助かるわねぇ」

「はは、まあ、長くお付き合いさせていただいていますから……」

エルフという種族は、人間の美的感覚では超がつくほどの美人ばかりだ。

その若い娘たちに囲まれて感謝されるというのは、何度経験しても慣れることなく、照れてしまう。

とりあえず愛想笑いで応えていたレオンへ、事務所の責任者である、中年に差し掛かったエルフの男が笑いながら突っ込みを入れてきた。

「おいおい、レオン様をからかうのはそれくらいにしておけ。あまりお前たちがそうやって構い過ぎていると……家に帰ったとき、奥さんにヤキモチ焼かれてしまうからな」

「なっ……ちょ、しゃ、洒落にならないことを言わないでくださいよ！」

その言葉を聞いた瞬間、レオンはハッと我に返って周囲を見渡す。

(光の精霊……今日はついてきてないよな？　その辺に隠れてたりもしないよな)

そううろたえるレオンを、エルフたちが揃って愉快そうに見つめている。

「はは、レオン様はすっかり姫の尻に敷かれてしまっているな」

「仲睦まじくて羨ましいです」

「そ、そんなにからかわないでくださいよ、はは……」

自分より魔法に詳しいエルフたちがこうして平然としているのなら、前のように光の精霊が隠れて監視していることもなさそうだ。

ひとまずはバレずに済んでよかったと、安堵しかけた——その直後。

「本当、うちの主人はとても恥ずかしがり屋だから……みんな、あまりからかわないであげてくださいね」

入り口のほうから聞こえてきた優しげな声に、レオンは驚き飛び上がってしまいそうになるのを紙一重で堪えた。

恐る恐るそちらを振り向くと、優雅に佇んでいたのは愛用の赤薔薇をモチーフにしたドレス姿の美姫——ティニーだ。

「おや、ティニー姫様、珍しいですね、こちらへお越しになるなんて」

事務所の責任者である中年の男エルフが、穏やかな笑顔で迎え入れる。

「ええ、大使館のほうへいったら、夫はこちらへきていると聞いたので」

そう穏やかな笑みで応えつつ、ティニーはレオンのほうへ歩み寄ってきた。

「ちょっと届け物があってね。えっと、な、なにか用事だった？」

エルフの娘たちに囲まれて、ちやほやされていたところは見られなかっただろうか。

そう不安を覚えながら問いかけたレオンは――自分を見つめる彼女の瞳から、光が消えていることに気づいて絶望する。

「ふふっ、そろそろ仕事が終わる時間だと思ったので……散歩ついでに、お迎えにきたんです。そろそろ時期的に、適度な運動をしたほうがいいとも言われていますし」

そう微笑みながら、銀髪のエルフ姫は両手を自らの下腹に当てた。

ドレス越しにもはっきりわかるくらいふくらんでいるそこには、彼女が心から求めていた、レオンとの愛の結晶が宿っている。

「大きくなりましたね、ティニー様のお腹」

「そろそろ動いたりするんですか？　いいな～、優しそうな旦那様と赤ちゃん」

そんなティニーをエルフの女性たちが取り囲み、楽しげに盛りあがっていく。

「ええ、もう元気に動くことも多いの。ふふっ……もうすぐ会えると思うと、毎日が凄く楽しくて……幸せだわ」

エルフ姫は大きなお腹を抱えるように撫でつつ、楽しげに答えている。

（上手く誤魔化せたかな？　みんな……助かった！）

話を逸らしてくれたエルフの女の子たちに心の底から感謝しつつ、ホッと安堵した。

そうして気を緩めて眺めるその幸せそうな光景は、なんだか自分も自然と頬が緩んでできてしまいそうな温かなものだ。

（まあ……妊娠がわかったときは、さすがにちょっと修羅場になったけど）

発覚したときにはもう正式な婚約者になっていたが、さすがに挙式前に妊娠というのは気が早すぎるといろいろ怒られたことを思い出す。

（特にティニーのお父上はかなり不機嫌そうだったけど……なんか、ある日を境に、急に認めてくれたんだよな。あれって……）

楽しげにエルフの女性たちと会話を楽しんでいるティニーを、横目で一瞥する。

ティニーの父親が態度を急変させた前夜、彼女が『私が話をする』と恍惚の瞳で言っていたことを思い出す。

それがどんな『話』だったのか、想像するとまた背すじに寒気を感じてしまいそうで、レオンは深く考えることはやめにした。

（ティニーの説得のおかげで、出産して身体が落ち着いたらすぐ挙式をあげて正式な夫婦

としてお披露目するってことで納得してもらえたんだし……うん、綺麗にまとまったんだからいいよな)

小さく首を横に振ってそう心を切り替えたレオンへ、中年の男エルフがしみじみとした口調で語りかけてくる。

「それにしても、ティニー姫様が一方的に婚約を破棄されたという知らせが入ってきたときは、やはりエルフと人間が手を取り合って暮らすなど難しいのかと諦めましたが……こうして無事にまとまってよかったよ。レオン様とティニー姫の仲睦まじさを見て、人間と結婚するのもいいかも知れないと思うエルフが増えているらしい」

「あはは……まあ、友好の礎(いしずえ)になれているなら、俺としても何よりです」

「そういえば、騒動の主だった王子のほうも、ようやく落ち着いたそうだね」

「ああ、近況の報告ではそう聞いています」

シャーロットへの一方的な思い、そして本能的にティニーの中に眠る『終末の魔王』の資質に気づいてしまったが故に暴走し続けていたロベルト王子だが、彼以外に後継者がいないこともあり、一緒になって騒動を起こした侯爵家の子息たち――ワイアットやルーカスとともに、徹底した再教育を受けるということで話がまとまったらしい。

彼らに流されるまま、自分の本当の気持ちを言い出せなかったことで騒動を大きくしてしまった。

レオンに指摘されてそう反省したシャーロットは、王子たちを自分の手で立ち直らせることが罪滅ぼしになると、その教育を一緒に受けているらしい。

(なんだかシャーロット嬢が随分とたくましくなって、王子たちはすっかり尻に敷かれてるとか聞いたな。おかげで、反抗することもなく素直に教育を受けてるとか)

ゲームのメインヒロインとして、世界を救う英雄となるルートも用意されていたシャーロットが、いよいよその真価を発揮し始めたのだろう。

彼女が王子たちをしっかり管理してくれている限り、こちらへ余計なちょっかいをかけてくるというようなこともないはずだ。

(最近は王子たちも頭が冷えたのか、さすがにやり過ぎだったと反省してると言ってたし……いずれはまた、昔みたいに話せる仲になれればいいな)

レオンがしみじみそんなことを考えていると、女の子たちとの会話を終えたティニーが小走りで近づいてきた。

「レオン様、今日のお仕事はもう終わりですよね？」

「えっ？　えっと……そうだな……」

レオンが少し返答に詰まると、周囲の職員たちがみんな揃って、『後は任せて』と言わんばかりに首を縦に振る。

細かい書類仕事や打ち合わせはいくつか残っているが、今日、すぐに片付けなければいけないというものでもない。

「うん、大丈夫だよ。最近、少し仕事が忙しくて一緒に過ごせる時間が少なくなっていたし……今日は一緒に帰ろうか」

「ふふっ、ありがとうございます、レオン様♪　昨日なんて、たった十七時間三十四分しかレオン様と一緒にいられなかったですし……今日はその分、たくさん、たくさん一緒にいてくださいね」

レオンが答えると、ティニーは声を弾ませてしっかり腕にしがみついてくる。

「じゅ、十七時間って……えっと……まあ、うん、それくらい……かな？」

具体的な時間を正確に覚えていることへの驚きと、一日にそれくらい一緒にいられたなら十分じゃないかという思いなどを噛み締めつつ、レオンは苦笑いするしかない。

「それでは参りましょうか、レオン様。みなさん、お仕事お疲れ様です。お先に失礼させていただきますね」

周囲の幸せなカップル――近々夫婦となるふたりを微笑ましく見守る視線を背に受けつつ、ティニーに腕を引かれてその場を後にする。

　そして事務所を一歩出たところで、エルフの美姫が光の消えた恍惚の目差しでレオンを見あげ、ぽつりと小声で呟いた。

「寄り道せずに真っ直ぐ帰りましょうね、レオン様。お腹の大きいお嫁さんが家で留守番していたのに、可愛い子たちに囲まれて愛想を振りまいていた旦那様に……お仕置き、しないといけませんし」

「えっ……？　あっ、え、えっと……」

　淡々と抑揚のない冷たい声。

　それは『闇』を抱えた美姫が、感情を暴走させてしまっているとき特有のものだ。

　さっきは上手く誤魔化せたと思っていたが、『お仕置き』は避けられないらしい。

「お手柔らかに……ははは……」

「ふふっ、レオン様がすぐに反省してくだされば……うふっ、ふふふっ、ふふふっ」

　意味深に微笑むティニーは、妊娠を機にますます豊かに成長した爆乳の谷間へレオンの二の腕をしっかり挟み込むようにして抱きついてくる。

　彼女の昂ぶりを訴えるかのように少し速くなった鼓動が、そのふくらみの奥からはっきりと伝わってきていた。

　ここ数日、彼女に寂しさを感じさせていたことも影響し、今日の『お仕置き』はいつにも増して激しいものになりそうだ。

（はは……明日、俺、ちゃんと仕事へいけるかな）

レオンはうっとりと微笑むエルフの美姫に引きずられながら家路を急ぎつつ、乾いた笑みを浮かべるしかなかった――。


周りを気にせずにゆっくり過ごせる場所がいいというティニーの希望で、ふたりは里の外れにある家に住んでいる。

その最奥の寝室のベッドに、レオンは帰宅するなり有無を言う間もなく寝転がされてしまっていた。

「えーっと……ティニー……一応、弁明というか言い訳をさせてもらっても……」

「駄目です、聞きたくありません」

大きなお腹を抱えるようにしてベッドサイドに立つティニーは、迷うこともなくきっぱりとそんな答えを返してくる。

「まあ、そうだよな……」

こうして火がついたときのエルフ姫は、生半可な言葉では止められない。

レオンが諦めてため息をこぼすと、ティニーは少し不満そうに唇を尖らせつつ、ゆっくりとベッドへ上がってきた。

「そもそも、レオン様は誰に対しても優しすぎると思います。……いえ、旦那様が周りから頼られて、好感を持たれているのは……妻としては喜ばしいことですけど、それにしても度が過ぎているんです。私、同じ年頃の女の子たちと話しているとき、よく言われるんですよ？『自分もレオン様みたいに優しい旦那様がほしい』って。そう聞くたびに、誇らしく感じるんですけど……それ以上に、私のレオン様を誰かに取られてしまわないか、不安が胸いっぱいにふくらんでしまって……もう……我慢できない」

語る口調が少しずつ早口になり、淡々とした冷たい声になっていく。

言い終わったエルフ姫が右手を掲げて魔法を発動すると、仰向けに横たわるレオンの服が下着ごと音もなく消えてしまう。

（……最近、俺、自分で服を脱ぐよりも、こうして魔法で消される機会のほうが多くなってるような気がするな）

仕事でぐったり疲れているときなんかは、案外楽で助かる。

現実逃避にそんなこと考えてしまっていると、考えを読み取ったかのようにティニーがまた不服そうな声をこぼす。

「レオン様、お仕置きの最中に別のことを考えているなんて……ふふっ……やっぱり、頭の中がいつもいつも私のことでいっぱいになっているように、もっと……もっともっともっともっともっと、マーキングしておかないといけませんね」

火照り色づく頬に両手を当てて恍惚と微笑みながら、ティニーはそのままレオンの顔の上へお尻を向けて跨がってきた。

「えっ……ちょ、ちょっと、ティニー！」

軽く広げられた脚の間、そこを隠しているはずのショーツはいつの間にか脱ぎ捨てられていて、真っ直ぐ伸びた魅惑の蜜筋があらわになっている。

「どうしたんですか、レオン様？　ふふっ、愛しい旦那様になら、身体中、どこをお見せしても恥ずかしくないです……いいえ、むしろ、他の人には見られたくない、恥ずかしいところをたくさん見てほしいくらい……んっ、はふぅ……」

エルフの美姫は誘うように甘く熱い吐息交じりの声で呟きながら、少しずつ足を大きく広げていく。

それに合わせて閉じていた割れ目も広がり、薄桃色の小陰唇、それが折り重なっている中央でぽっかりと口を開けた膣穴までもがはっきりと見えてしまう。

「で、でも、いきなり……見せられると、その……んっ……」

小さくヒクヒクと震える穴口は、もう奥のほうから溢れてくる透明の蜜液でじっとりと濡れ輝いていた。

甘酸っぱい独特の淫臭がむわぁと漂ってきて、呼吸をするたびにその魅惑の香りに鼻腔の奥がくすぐられ、否応なしに気持ちが昂ぶっていく。

股間がじわじわと疼き出したのを自覚した直後、秘所を見せつけて小さく微笑んでいたエルフの美姫も目ざとくそれに気づいた。

「ふふっ、レオン様……もう興奮してくださったんですね。おちんちん……まだ触れてもいないのに、私の恥ずかしいところ……いつもレオン様のおちんちんで気持ちよくしていただいているところ……レオン様の赤ちゃんを孕ませていただいた……おま○こ。見ていただけで……大きくなってしまうなんて……んぅっ、はふ……ゴッゴッと硬くて、たくましくて、とても男らしいおちんちん……旦那様の勃起おちんちんを見ていると……私も凄く……んふっ、はぁ、興奮して……はぁはぁ、はふぅ……あんっ」

少しずつ勢いを増してきた肉棒をじっと見つめるティニーも、段々吐息を荒くして興奮をあらわにしてくる。

キュッと窄んでいた穴口が少しずつ綻び広がり、溢れる蜜汁の量も増え、ふとももを伝って垂れる雫が、やがてレオンの顔にまで落ちてきた。

「んっ……くっ……だって、こんな風に見せられたら……俺も……」

もう股間も疼くどころか、息苦しさを感じるくらいパンパンに勃起してしまう。

声に合わせて小刻みに脈動する肉槍を見下ろし、ティニーは嬉しそうに頬を緩めつつ、舌先で自らの唇をチロリと舐めあげた。

「んっ、いいですよ。もっともっとレオン様の身体に私のにおい……マーキングしたいです。頭の中まで、しっかりと私をすり込んで、他の女の子が近づいてこないようにしておきたいですから ぁ……もっと、もっと近くで……はふぅ……」

銀髪のエルフ姫はそう声を震わせながら、膝を突いて腰を落とす。

そのまま、濡れ綻んだ割れ目がちょうどレオンの口元へ当たるように、顔の上に座り込んでしまった。

「むっぐっ、んむっ、んん！　ちょっと……んくっ、くうう！」

「お仕置きですから、これくらい……んっ、はぁ、いいですよね？　はふっ、あぁ、レオン様のお顔、お尻に……おま○こに当たって……はぁ、はぅうっ！」

口元から鼻まで塞がれて悶絶するレオンに構わず、ティニーは恍惚と身震いする。

その動きに合わせ、レオンの口元が広がる割れ目とこすれ、溢れ出てくる愛液が自然と口内に流れ込んできた。

「はぁ、んっちゅっ、ちゅぅ……はぁはぁ……これ、お、お仕置きになるのかな。んっ、俺には……れろっ……そう思わないけど……んっちゅっ、ちゅっ、ちゅうっ」

レオンは少し顔の位置をずらしてどうにか呼吸を整えると、すぐさま舌を伸ばし、目の前に差し出された蜜裂を丁寧に舐め解し始めた。

舌面全体を使って割れ目を形作る折り重なった肉ビラを舐め、自らの唾液と溢れる愛液を混ぜるようにして塗り込んでいく。

「じゅるるっ、ちゅっ、ちゅぅっ……れろぉっ、はぁ、んっ、はぁはぁ、ティニーの味、口に……広がって……くっ、んちゅっ、ちゅうっ！」

「はひっ、そう、そうです。もっとぉ……んぅっ、レオン様に、私のにおい、味、全部、全部染み込ませてくださいっ、もっとぉっ、もっとぉっ！」

すでにこの愛が重いエルフ姫の喜ぶ壺を押さえているレオンが囁いた言葉に、ティニーは大げさなくらい腰をくねらせて歓喜する。

激しい動きでエルフ姫の肢体を包むドレスの胸元も大きくずれ落ち、ぷるんっと音が聞こえそうな勢いで爆乳が零れ落ちた。

「はぁ、はぅっ、んっ、あぁ、もっとっ、いいっ、はひっ、はぁ、レオン様の舌、熱いの……とっても感じますっ、くふっ、はぁ、もっと、舐めて……んんんんっ！」

あらわになった乳房を悩ましく揺さぶりながら銀髪の美姫が求めてくるたびに、膣口がヒクヒクと小刻みに痙攣し、そこからはもう滝のような勢いで愛蜜が溢れる。

垂れてくるそれを顔中に浴びながら、レオンはお仕置きと称して熱心な愛撫を求めてくる彼女に応え、敏感な箇所に舌を這わせていく。

「んっぐっ、ちゅ、んっちゅっ……はぁはぁ、れろぉ……ちゅっ、はぁ、ここ……端っこの硬いの……クリトリスも、ふくらんで……んっぐっ、ちゅぱっ、ちゅぅっ」

「ひゃうっ、ああっ、そこ……んぅっ、レオン様、そんなところまで……はひっ、はぁ、んんんっ、あぁっ、そう……私の気持ちいいところ、全部、全部知ってくださってるの、嬉しい……はひっ、はぁ、愛されてる実感、湧いてきて……んくっ、ふぁあぁっ」

包皮から顔を覗かせるくらいふくらんだクリトリスを唇で甘噛みし、舌を細長く丸め、舐めるのではなく突くようにして膣壺の入り口を責める。

顔に座り込まれ、視界全部を愛しい人のお尻や割れ目といった魅惑の部分で埋め尽くされているからだろう。

レオンはいつも以上に昂ぶりを抑えられず、奉仕する動きも積極的になっていた。

「はぅっ、あぁんっ！　そこっ、いっ、はぅっ、んんんっ、あふぅ……ふふっ、お仕置きに積極的な旦那様、嬉しい……ですっ、でも……はふっ、んふっ……ふふふふっ」

レオンの舌使いに合わせて背すじを仰け反らせて歓喜の甘声をこぼすティニーは、小さな笑みを浮かべつつ、そそり立つ屹立へ手を伸ばしてきた。

「うわあっ!!　えっ、んっ、ティニー……うっぐっ、くうっ……」

右手で竿の根元辺りを優しく包むように掴まれると、不意打ちの刺激に、レオンは思わず腰を浮かせて反応してしまう。

「お仕置きだから、すぐ気持ちよくなっては駄目ですよ？　ここ……おちんちんに、誰がレオン様のお嫁さんなのか、しっかり覚えていただきたいので」

ティニーはそう悪戯っぽく呟くと、ゆっくりと手を上下に動かし始める。

しっとりと汗ばんで張り付く手のひらに、竿肌を雁首の真下から根元まで余すところなく撫でしごかれていく。

「くっ、んっぐっ、はぁ、はぁ……気持ちよくなるなって、そんな……無茶なこと……くうう、はぁはぁ、うっぐっ……ううっ」

時々爪を立てられ、裏側の筋をツーッとくすぐるように刺激される。

親指と人差し指で作った輪っかで雁首の端を何度も弾かれ、そのたびに痺れるような強い刺激が脳天まで響く。

なにかと繋がりを求めるエルフの美姫とは、こうして結ばれてからほとんど日を空けることなく交わっており、もう全身の弱点を見抜かれてしまっている。

こうして感じやすいところを執拗に責められていると、早くも頭の中が茹だるように熱くなり、高まる射精衝動で息も荒くなってしまう。

「ほら、もうおちんちんが気持ちよくなりたがっていますよ。んっ……でも、駄目、まだ……ここ、私が一番気持ちよくして差しあげられる……私だけを、これからもずっと孕ませてくれるってわかってくださるまで……もっと、もっと焦らして……お勉強してもらいますから。んっ、ふふっ、いーち……にー……クスッ、これくらいのペースなら、気持ちいいところの瀬戸際で留まって、それ以上はいけないですよね？」

恍惚と微笑むエルフ姫は、レオンの高まりをしっかり見抜いているのだろう、ゆったりとしたペースで手を動かし、射精までたどり着けない絶妙な刺激を与えてくる。

「んっちゅっ、くうっ、はぁ、んっぐっ、ちゅうっ……うぅっ、ティニー、それ……それは……うっぐっ、はぁはぁ、ううっ」

柔らかな手のひらで竿肌を撫でられると、射精を求める狂おしい疼きはどんどん高まってくるのだが、それが心地よく弾けるまでの刺激はやってこない。

我慢できずに腰を浮かせて自ら敏感な箇所へこすりつけようとするが、それすらも見抜かれているのか、絶妙なタイミングで避けられてしまう。

「まだまだ、もっと我慢してくださいね。レオン様の頭の中が、私のことでいっぱいにな

るまで……私だけでいっぱいになるまで……もっともっと、焦らす……んぅっ」

ティニーは先端からたっぷりと溢れ出るカウパー腺液を手のひらの中央に塗りたくり、それをローション代わりにして手淫を続ける。

グチュゥッ……ニチュッ、ヌチュゥッ……。

手のひらと竿肌がこすれるたびに卑猥な音が鳴り響く、それもまた、レオンのもどかしい昂ぶりを一層刺激してくれた。

「はぁはぁっ、うぅっ……ティニー……約束するから！　いや、いまさら約束なんてしなくても、俺はティニー一筋で、他の女の子なんて目に入ってないけどさっ。と、とにかく……んっぐっ、約束するから、だから……うっぐっ、くううっ」

レオンはそう誓いつつ、それを態度で示そうと丸めた舌先を綻ぶ穴口へ挿し入れ、ストローのようにして溢れる蜜を吸いながら舐め解していく。

首を軽く横に振り、顔を尻肌や割れ目の端にこすりつけ、全体を使って愛しい人への溢れる愛情をアピールする。

「んふっ、はぁ、はいっ、んぅっ、や、約束ぅっ……約束ですよ、レオン様。お仕事で少しくらいお喋りするのは、仕方ないですけどぉっ、んふぅ、私以外の子、好きになったりしないで……ずっとぉっ、ずっと私だけを見て……あはぁっ、あぁっ、私とぉっ、私がこれからたくさんっ、たーくさん産む、レオン様と私の赤ちゃんたちだけに愛情を独占させてくださいっ、んふっ、はぁ、あぁっ、好きっ、愛してますっ、レオン様ぁっ、もっと、はひっ、あぁっ、あくううううっ！」

エルフの美姫はレオンへの執拗な愛情を訴え、誓いを求めて叫ぶ。

その狂おしい想いが自然と屹立を握り締める手にも伝わり、指が幹胴に食い込むほど強く握られ、上下にしごく速さも増してきた。

いままでより一段強くなった刺激に、限界寸前で焦らされていたレオンは一気に意識が飛びそうな高まりへ追いやられていく。

「はぁはぁ、うんっ、ち、誓うから……あぁっ、出るっ、出すよ、ティニー！」

「は、はいっ、きてください。レオン様のお汁ぅっ、んぅっ、赤ちゃんの素で、今日も私のことたくさんマーキングしてぇ、はひっ、はぁ、きてぇっ、ふぁああっ!!」

ドッビユウウウゥッ、ビユビユウウゥッ、ビユルルッ、ドッビユウゥッ！

ふたりの振り絞るような声が部屋に響くと同時に、力強く脈動する肉竿の先端から盛大に白濁が迸った。

それを握るエルフ姫は、しっかりと鈴口が自分のほうを向くように軽く角度をつけており、溢れる熱液を手のひらはもちろん、大きなお腹やあらわになった胸元などでうっとりと嬉しそうに受け止めていく。

「んふっ、はぁ、はむっ、ちゅぅっ……はぁ、はぁ……レオン様のお汁、今日もとっても濃くて熱くて……れろぉ……おいひぃっ、んっぐっ、じゅるるっ、ちゅぅっ！」

手のひらにたっぷりと溜まった白濁をすぐさま舌で舐め味わいつつ、ティニーは何度も軽く昇り詰めているかのように背すじをくねらせる。

レオンの舌で舐め解された穴口もそれに合わせて開閉を繰り返し、愛液はもう啜りきれないほどの量になっていた。

「ぷはぁ、ティニー……んちゅっ、はぁ、凄く感じてるね。れろっ、ちゅ、おま○こ、トロトロで……んっぐっ、ちゅうっ」

「ひぅっ、くうう！　は、はいっ、んっちゅっ、愛しい旦那様が、ちゃんと約束してくださったので嬉しくて……んっ、駄目です。もうっ、舌だけだと……はぁはぁ、ここぉ……んぅっ、レオン様が丁寧に解してくれたおま○こに、旦那様のおちんちん感じないと……いっぱいギュって抱き締めて、いっぱい……いっぱいしてくださいっ」

手のひらや胸元の精液をほとんど綺麗に舐め取ったエルフ姫は、うっとりと蕩け切った目差しでそうおねだりしながら腰を浮かせる。

そのままレオンの下腹部へ移動し、まだ勢いを失っていない怒張の先端を割れ目にあてがいつつ、ゆっくり腰を落としてきた。

「いいよ、そのまま……んっ、あぁ……入るっ、くうう！」

レオンもすぐに上体を起こし、ティニーの熱く火照る身体を背中から抱き締めるようにしながら、軽く腰を突き出して膣内へ肉槍を沈めていった。

ズッチュゥッ……ズブッブッ、ズッブウウッ！

「んっぐううっ、くううううっ、はぁぅっ、んん！　あぁっ、レオン様の……奥ぅっ、孕んでるところっ、レオン様と私の赤ちゃんがいるところまで届いてっ、あぅうっ、はぁはぁ、いっ、あああああああっ‼」

深々と肉棒を迎え入れたエルフの美姫は、身体を起こしたレオンの胸板へ背中を預けるように凭(もた)れつつ、歓喜の嬌声をあげた。

舌で十分舐め解されていた膣内はすでに熱く蕩け切り、まるで液体のようにドロドロと蠢きながら幹竿にしゃぶりついてきている。

「ティニー、入れただけで軽くイッちゃったみたいだね。んっ……はぁはぁ、凄く敏感になってるっ、うううっ……」

「はぁ、はいっ、はぁはぁ、赤ちゃん、もう孕んでるのにぃっ、それでも旦那様のおちんちん、レオン様のおちんちん感じるとぉっ、もっともっと赤ちゃん欲しくて、愛の証がほしくてぇ、おま○こも子宮もすぐ感じて、蕩けてっ……はひっ、はぁっ、ひぃっ、あぁ、腰……動いちゃいますっ、んっくっ、はぁ、はふううっ！」

ニチュルゥッ、グチュグチュゥッ、ズッチュゥッ、ヌッチュウウゥッ！

感極まったように喘ぎ叫びながら、ティニーはレオンの膝上で自らのお尻を弾ませるようにしてリズミカルに動き出す。

激しい動きに、ドレスから零れ落ちた双乳はもちろん、大きく張り出したお腹も悩ましく揺れ動く。

「んっ、ティニー、お腹、気をつけて。あまり負担かけると大変だから。優しく……ほら……くっ、俺も動くからさ。こうして……んっ、はぁはぁ、くぅっ！」

レオンは右手をふたりの愛の証が宿っているエルフ姫の大きなお腹へあてがい、そこを慈しむように優しく撫で回しつつ、自らも腰を動かし始める。

最初は少し控え目に、あまり行き止まりと亀頭が強く衝突しないように注意しつつ、振り幅の短いピストンで膣内をかき混ぜていく。

ニチュゥッ……グチュッ、グチュゥッ、ヌチュゥ！

「くふぁああっ、はぁううっ、ひぃっ、あぁ……ひぅっ、くうう！　んぅっ、あぁ、レオン様っ、はぁ、優しく……おま○こ、かき混ぜられて……はぁ、はぁ、これ……あぁっ、凄く幸せ……ですぅっ、んふっ、はぁはぁ、くぅっ、あふぁあっ‼」

その優しい刺激でも、昂ぶるエルフ姫は背すじをくねらせ、恍惚と喘ぎ叫ぶ。

摩擦でより熱く火照った膣粘膜も活発に蠢き、出入りを繰り返す肉棒に絡み、まるで舐めあげられるような刺激を生み出す。

そのまましばらく動き続けていると、ティニーは抽送に合わせて揺れる双乳を切なげな目で見つめ始めた。

「駄目……ですっ、もう……んぅっ、胸……切なくなってきて……はぁはぁっ、いいっ、溢れて……んふっ、くぅうぅっ、はぁ、はふぅうっ！」

そんな切なげな声に合わせて、ぷっくりとふくらんだ桜色の乳首の先端から、じわりと白い液体が漏れ出てくる。

「ああ、また母乳、溜まっちゃってるんだね」

「そうなんです……んふぅ、赤ちゃん産まれるまで、まだ少し時間かかるのに……早く飲んでほしくて、いっぱい出てきてしまってるんです、ミルク……くふぁあっ」

エルフ姫が甘く息を切らしながら訴えるとおり、乳首から溢れる白液は、どんどん量が増えてきていた。

火照って桜色に染まりつつある乳肌もかなり張っていて、たっぷりとミルクが詰まっているであろうことがひと目でわかる。

　それを見たレオンは、エルフ姫のお腹を撫でていた右手、そして彼女の腰に回していた左手をすぐさま胸元へ移動させ、揺れる双丘を優しく掴む。

「じゃあ、いつもみたいに……いいよね？」

「お願いします、んんっ、赤ちゃん産まれるまでは、ミルク、全部レオン様のものですからぁ……はぁはぁ、レオン様の手で、いっぱい絞って……はふっ、んんぅっ、レオン様のおかげで出せるようになった甘いミルク、いっぱい、いっぱい絞ってくださいっ」

　そう切々とおねだりしてきたティニーに応え、レオンはとても手のひらには収まり切らないサイズの乳房の根元を掴み、それを先端へ向けてしごくように揉んでいく。

　そのまま少しだけ腰使いも加速し、孕んでいる影響かずっしりと重く感じる行き止まりの子宮口を亀頭で軽く突いてやる。

　ズッチユゥッ、ズブズブズブゥッ、ヌチユゥッ、ズップゥッ！

「くっひぃっ、ひぅっ、あぁっ！　そう、それぇ、それですぅっ!!　んふぅっ、おま○こ……いっぱいっ、いっぱい突いてもらいながら、おっぱい……ギュってぇっ、あはぁ、いいいっ、もうっ、すぐに……出てぇ、ふぁあっ、ひふぁああ!!」

　ティニーはレオンの胸板に持たれたまま、背すじを艶めかしくくねらせて喘ぐ。

その声が大きく跳ねあがるのに合わせて、揉み潰されてしごかれる乳房の先端、桃色の肉粒が大きくふくらむ。

ビュゥッ、ビュビュゥッ！

「はひぃいいいっ、はぁ、ひぃっあぁ、出てますぅっ！　赤ちゃんのミルクぅっ、んううううっ、いっぱい、溢れてっ、ふぁっ、くふぁあああっ‼」

真っ白な温かい母乳が、対の乳房から同時に迸る。

その甘い香りが瞬く間に広がり、蜜液の淫臭と混ざってますます気持ちを昂ぶらせる、まるで媚薬のようなにおいを作りあげていく。

「本当、たくさん出るようになったな……んっ、こんなに溜まってると、おっぱいが張って苦しいよね……もっと……絞るからっ」

愛しい人が、ミルクを溢れさせながら恍惚と喘ぎ叫ぶ。

その姿がたとえようがないくらい魅力的に見え、レオンはその昂ぶりに背を押されるように夢中で手と腰を動かし、母乳を絞り出していく。

ズッチュゥッ、ズブズブゥッ！　ビュルゥッ、ビュビュゥッ‼

「あぅっ、んぅくううう！　すごぉっ、あぁっ、お腹の赤ちゃんもっ、喜んでますぅっ、んふぅっ、はぁはぁ、パパにいっぱいミルク絞ってもらえてぇ、お腹、いい子いい子って

あやしてもらえてぇっ、はひっ、はぁ、ひぐぅううううっ!!」

ティニーは突きあげに合わせて、大きく声をうわずらせる。

迸る母乳で乳房はもちろん、優しく揺れる大きなお腹も真っ白に濡れ染まっていく。

「うん、ティニーが望んでくれるなら、これからもずっと……ずっとこうして絞ってあげるから。ずっと、ずっと一緒に……」

レオンは胸を揉みほぐしていた右手をまたお腹へ移し、奥からドンドンッと蹴飛ばしてくるような振動がわずかに伝わってくるのを確かめる。

この愛しいエルフ姫の運命を変え、結ばれることができた。

それをなによりも実感させてくれる幸せな振動をじっくりと確かめてから、また母乳を絞るために双丘を掴み、抽送を加速していく。

ズッチュゥッ、ズブブブッ、ヌチュユウウッ、ズブズブゥッ！

「はぅっ、あふぁあああ！　あぁ、これ……しゅごぉっ、ひぃっ、んひぃっ、こんなぁ、幸せな感触、もう、私、忘れられない……ずっとずっとレオン様と繋がっていたいくらい、幸せで……んふっ、あぁうっ、ああっ!!」

「はぁはぁ、ずっと……一緒だから。絶対に離さないっ！」

「嬉しい……レオン様ぁ、好きっ、好き好き好き好き好き好きぃっ、愛してます、レオン様ぁ、んぅっ、はぁ、好きっ、好きぃっ！」

すぐ不安になってしまうエルフ姫を安心させるように声をかけると、狂おしく喘ぎ悶えながら、唇を求めて肩越しに振り向いてきた。

レオンは迷うことなくその求めに応え、初めから彼女の口内へ舌を挿し込み、互いの唾液を分かち合う情熱的なキスを始める。

「じゅるぅっ、ちゅうっ、はぁはぁ、あはぁ、レオン様の味……お口いっぱいにっ、んちゅっ、感じてぇ……はひっ、はぁ、しゅきっ、んっちゅっ、ちゅう！」

「俺もっ、好きだよ、ティニー……んちゅ、ずっと、ずっと……このまま一緒に……んんんっ、ちゅっ、はぁ、もっと……くっ、ううう！」

キスを交わし、いつまでも涸れることがない母乳を絞り、膣奥へ強い衝撃を与えないように注意しながら抽送を繰り返す。

互いの愛を全身で分かち合いながら交わり続けていると、このままドロドロとひとつに蕩けて混ざるような、恍惚の陶酔感を味わえた。

「んっふぅっ、はぁ、レオン様、おちんちん、中で元気に震えてますっ……はぁはぁ、出してくださいね、このまま。精液っ、おちんちんのお汁ぅっ、うんと濃い赤ちゃんの素、たくさん、たーくさんおま○こにぃっ、子宮に出してくださいっ！」

目ざとく肉竿の昂ぶりに気づいたエルフの美姫は、張りのある尻肌をレオンのふとももへこすりつけるように腰をくねらせ、より盛大な絶頂へ昇り詰められるようなスパートをおねだりしてきた。

怒張が根元まで埋もれるたびに、亀頭が硬くなっている子宮口とこすれ、竿の芯が強く疼くような刺激が走る。

「くううっ、あぁ、出すっ、出すよ、俺もっ！　ティニーのおま○こに、全部……出すから……くぅっ、はぁはぁ、もう少しでっ、おおっ！」

「はぁ、はひっ、はぁ、きてくださいっ、レオン様ぁっ、あぁんんっ！　あぁっ、そこ、奥、しゅきっ、はひっ、はぁ、あふぁあああっ、いぃっ、んっくうう‼」

ズチュウウッ、ズブズブゥッ、グチュルゥッ、ヌッポォオオォッ‼

小刻みに伸縮を繰り返す膣壺の中を、爆発寸前の脈打つ肉棒が素早く往復する。

張り出した肉傘が蕩けた膣粘膜を抉るようにこすり、結合部からは泡立った愛液と先走り汁が大量にかき出され、周囲に飛び散っていく。

互いに絶頂することを目指した、貪るような交わり。

もう十分すぎるほど高まってきていたふたりが達するまでには、それほど長い時間はかからなかった。

「おおおっ、で、出るっ、出すよ、ティニー！　好き……だっ、ああっ！」

「イッ……イキますっ、私もっ、あぁっ、好きぃっ、レオン様っ、好きっ、はひっ、ずっとずっとぉっ、お慕いしていますっ！　私のレオン様ぁ、旦那様っ、あぁっ、イクぅっ、レオン様の赤ちゃん、たくさん、たくさん孕んでイクイクっ、イクぅううう！」

ドッビュウウウウウッ、ビュルルルルッ、ビュウウウウウッ！

ふたりの甲高い絶頂の叫びが重なり、膣内で肉棒が力強く跳ね、大量の精液が子宮めがけて注ぎ込まれていく。

「はひっ、あぁ、母乳、いっぱい……まだ出て、くふううっ！　レオン様への愛情たっぷりミルクぅ、溢れてぇ、ふぁあああっ!!」

思い切り握り潰された双乳からは、その勢いに負けないほど大量の母乳が溢れ、シーツに大きな染みを作りあげていた。

「はぁ、はぁ、ひふぁっ、あぁ……んっ、あぁ……すごぉ……たぁ、たくさん、出て……お腹、熱いですぅ……本当にぃ、赤ちゃん、双子になっちゃいそうなくらい、レオン様のお汁でいっぱい……私がぁ、レオン様、独り占めにできてるぅ……はぁはぁ、はふっ、んふふふっ……はぁう……」

銀髪のエルフ姫は絶頂の余韻に恍惚と肩を震わせながら、早くも逆流してきた白濁液がゴボゴボと溢れ出てきている結合部をじっと見つめている。

レオンの愛情を存分に味わえ、ようやく暴走も収まってきたのだろう。瞳にも光が戻ってきていて、落ち着いているようだ。

「……私、本当にもう、レオン様がいてくれないと生きていける気がしません。少し離れているだけでも切なくて、寂しくて……はふぅ……」

「わかってる。俺だって同じだからさ。……ずっとずっと傍にいる」

レオンも射精の心地よい余韻に浸りつつ、そんな愛しいエルフ姫をしっかりと抱き締めて改めて想いを告げる。

（ここからはゲームにない、俺とティニーの毎日の始まりだ……）

乙女ゲーの悪役令嬢、そしてラスボスとして闇に堕ちるはずだった美姫は、その片鱗を時折覗かせるものの、こうして愛しい伴侶になってくれた。

ゲームの知識を利用して、上手く状況を切り抜ける。

いままで使っていた方法はここからは通じないが、それでもティニーを誰よりも真っ直ぐに想い、必ずふたりの幸せを掴もう。

「愛してるよ、ティニー」

「はい、私も……んっ、もっと……もっと、何度も言ってください、レオン様♪」

甘えるようにキスをねだってくるティニーへ応えつつ、レオンは改めてそんな決意を固めるのだった――。

人間とエルフの融和の象徴。

多くの子に恵まれたレオンとティニーの夫婦は、数千年後の未来まで、誰よりも愛が深かった夫婦として語り継がれることになる。

ただ、愛が深すぎたエルフの美姫が、時々暴走して問題を起こしたことは、優しく優秀な夫の気遣いのおかげか、余人に知られることはなかったのだった――。

本作品のご意見、ご感想をお待ちしております

本作品のご意見、ご感想、読んでみたいお話、シチュエーションなど
どしどしお書きください！　読者の皆様の声を参考にさせていただきたいと思います。
手紙・ハガキの場合は裏面に作品タイトルを明記の上、お寄せください。

◎アンケートフォーム◎　**https://ktcom.jp/goiken/**

◎手紙・ハガキの宛先◎
〒104-0041 東京都中央区新富 1-3-7 ヨドコウビル
(株)キルタイムコミュニケーション　二次元ドリーム文庫感想係

婚約破棄されたエルフの悪役令嬢を助けたら、ヤンデレ嫁になってしまった件

2022 年 12 月 30 日　初版発行

【著者】
栗栖ティナ

【発行人】
岡田英健

【編集】
野澤真
鈴木隆一朗

【装丁】
マイクロハウス

【印刷所】
図書印刷株式会社

【発行】
株式会社キルタイムコミュニケーション
〒104-0041　東京都中央区新富1-3-7ヨドコウビル
編集部　TEL03-3551-6147 ／ FAX03-3551-6146
販売部　TEL03-3555-3431 ／ FAX03-3551-1208

禁無断転載 ISBN978-4-7992-1715-3　C0193

KTC